FATMIRE SOPA

Hanna

novum pro

Bibliografische Information
der Deutschen Nationalbibliothek:

Die Deutsche Nationalbibliothek
verzeichnet diese Publikation in
der Deutschen Nationalbibliografie.
Detaillierte bibliografische Daten
sind im Internet über
http://www.d-nb.de abrufbar.

Gedruckt in der Europäischen Union
auf umweltfreundlichem, chlor- und
säurefrei gebleichtem Papier.

© 2024 novum Verlag

ISBN 978-3-99146-992-6
Lektorat: Andrea Pichler
Umschlagfoto:
Azat180885 | Dreamstime.com
Umschlaggestaltung, Layout & Satz:
novum Verlag
Autorenfoto: Fatmire Sopa
Übersetzung: Kurt Gostentschnigg

Danke an **RHEINTALER**
KULTURSTIFTUNG

www.novumverlag.com

*Der Roman basiert auf einer wahren Geschichte,
einer Geschichte, welche sich um das Jahr 2000 herum
in einer Stadt im Süden Deutschlands zutrug, einer Geschichte,
die ich von Hannas Schwester erfuhr.*

INHALTSVERZEICHNIS

EINLEITUNG

Als ich gerade auf einer der Bänke des Stadtparks saß, läutete mein Handy. Während des Telefonats bemerkte ich einen Blick, der auf mich gerichtet war. Mir gegenüber saß eine junge Frau, die meine Augen fixiert hielt und mich irgendwie seltsam anstarrte. Ihre Gedanken schienen sich manchmal irgendwo anders zu verlieren. Nach einiger Zeit sah ich, wie sie sich mit der einen Hand die Tränen wegwischte, die ihr über die Wangen liefen. Ich dachte mir, dass ein so schöner Frühlingstag natürlich die unterschiedlichsten Emotionen bei den Menschen hervorrufen würde, sogar unerwartete Tränenausbrüche. Das war nicht schwer nachzuvollziehen. Ich beschloss, aufzustehen und meinen Rundgang im Stadtpark fortzusetzen, so wie ich es geplant hatte. Doch als ich mich umgedreht hatte, hörte ich eine Frauenstimme rufen:

„Bitte, würden Sie für einen Augenblick stehenbleiben?"

Ich war mir nicht sicher, ob diese Bitte mir galt. Irgendwie erstaunt und neugierig drehte ich den Kopf, um zu sehen, wer mich da auf Albanisch angesprochen hatte. Ich sah die Frau, die noch vor wenigen Augenblicken mir gegenübergesessen war und mich nun wieder voller Neugier und mit Tränen in den Augen anblickte.

„Ja, bitte, was wünschen Sie?", antwortete ich ihr mit einem leichten Lächeln, um ihr trauriges Aussehen, welches ihr ganzes Gesicht erfasst hatte, ein wenig zu mildern.

„Ich habe gehört, wie Sie am Telefon Albanisch gesprochen haben. Daher habe ich es gewagt, Sie anzusprechen", sagte tief seufzend die mir unbekannte Dame und sprach weiter: „Der eigentliche Grund, warum ich Sie angehalten habe, ist ..."

Die Worte blieben ihr irgendwie im Hals stecken, sodass sie sie nicht aussprechen konnte. Sie sprach unter Schwierigkeiten. Es war offensichtlich, dass sie einen Kummer hatte. Das beunruhigte mich, weil ich nicht wusste, was sie von mir wollte und was ich für sie tun konnte.

„Bitte, meine Dame, es macht nichts. Was kann ich für Sie tun?", fragte ich sie voller Neugier.

Sie hingegen bat mich mit flehender Stimme, noch ein paar Augenblicke auf der Bank sitzen zu bleiben. Ich verstand nicht, was sie von mir wollte. Aber meine Beine brachten mich wieder auf die Bank von vorhin. Die unbekannte Dame war sehr durcheinander, machte unkontrollierte Bewegungen und erschien mir unkonzentriert. Sie fuchtelte mit den Händen und ging hin und her. Als ob sie die Zunge verschluckt hätte und daher nicht sprechen konnte, fand sie nicht die Worte, sich auszudrücken. Ihre Bewegungen brachten mich von Augenblick zu Augenblick in eine unangenehmere Situation. Endlich trafen sich unsere Blicke und sie wandte sich an mich:

„Wie sehr Sie meiner Schwester Hanna ähneln! Vielleicht kommt Ihnen das merkwürdig vor. Vielleicht beängstigt Sie das sogar. Aber ich wollte Sie unbedingt noch ein paar Momente lang ansehen. Ach, wie sehr mir meine Schwester Hanna fehlt!"

Danach brach sie in Tränen aus.

„Gnädige Frau, ich hoffe, dass Sie so schnell wie möglich Ihre Schwester Hanna wiedersehen werden", sagte ich ihr, und, ohne dass ich meinen Satz zu Ende bringen konnte, setzte sie fort:

„Damit Sie das wissen: Als ich das letzte Mal in diesem Park war, so wie heute an einem Frühlingstag, da hatten wir uns so sehr vergnügt. Heute bin ich gekommen, um mich an jenen Tag mit Hanna zu erinnern, und ich treffe Sie hier an! Ist das nicht ein Wunder?"

Ihre Hände hatten begonnen zu zittern, und aus ihren Augen strömten ununterbrochen die Tränen.

„Meine Dame, es tut mir leid, aber ich bin nicht Hanna. Andererseits freut es mich, dass meine Ähnlichkeit mit Hanna Ihre Sehnsucht nach ihr ein wenig mildert. Ich möchte nochmals meiner Hoffnung Ausdruck verleihen, dass Sie alsbald Ihre Schwester wiedersehen werden", versuchte ich sie irgendwie zu trösten, obwohl mir klar war, dass ich mehr Zeit dafür bedurfte.

Mein Plan für den Tag begann sich zu ändern, bevor er noch so richtig begonnen hatte. Langsam steckte sie die Hand in ihre Tasche und holte ein paar Briefe hervor. Einige davon waren zusammengedrückt, andere wiederum in Teile zerrissen. Ich hatte nicht die leiseste Ahnung, welchen Verlauf die Unterhaltung mit der unbekannten Dame nehmen würde. Abgesehen davon, dass sie Albanisch mit mir sprach, konnte ich nichts anderes von ihr verstehen.

„Sehen Sie diese Briefe hier? Sie stammen von meiner Hanna. Sie schrieb manchmal ihre Gedanken nieder. Da, nehmen Sie sie, werfen Sie einen Blick darauf."

Sie sah mir in die Augen. Ich spürte ihre Angst, ich könnte die Unterhaltung mit ihr zurückweisen. Mit der Sprache ihres Blicks sagte sie mir: Bitte, hören Sie mich an! Endlich streckte ich meine Hand aus und nahm die Briefe, die sie mir entgegenhielt. Ich begann, sie zu entfalten, um nach und nach in das Geheimnis der unbekannten Dame einzutauchen. Mein Handeln schien diese traurige Frau zu beglücken. Sie fing sofort an, mir die Rolle der Briefe zu erläutern, die wir beide in Händen hielten.

„Sehen Sie, diesen da hat Hanna genau hier an diesem Platz geschrieben, heute vor einem Jahr. An jenem Tag hatte ich sie hier angetroffen, als sie gerade beim Schreiben war. Wir verbrachten den restlichen Tag hier."

So erzählte sie mir fließend und langsam ihre und Hannas Geschichte. Irgendwann spät endete am Abend mein Besuch im Stadtpark, genau auf dieser Bank, wo ich für eine kurze Rast angehalten hatte und plötzlich auf die unbekannte Dame getroffen war, die mich in meiner albanischen Muttersprache angesprochen hatte. Als die Dame von mir erfuhr, dass ich mich manchmal literarisch betätige, war sie damit einverstanden, dass ich ihre Geschichte in Buchform aufschreibe. Ich versprach ihr, die Namen der Protagonisten zu ändern und den Schauplatz der Geschichte an einen anderen Ort in Deutschland zu verlegen.

Ausschnitt aus Hannas Tagebuch, Februar 2000, Konstanz:

Heute ist Mittwoch, der 2. Februar, 23:30Uhr. Kurz vor Mitternacht. Mehr als die Hälfte der Welt schläft vielleicht schon, während die andere noch wach ist gemeinsam mit der Familie und den Liebsten oder sich wahrscheinlich an einem anderen Ort vergnügt. Dunkelheit hat die Stadt eingehüllt und Licht spendet nur die Straßenbeleuchtung. Ich bin noch wach, allein in meinem Zimmer. Ich bin nicht schläfrig. In meinem Kopf schwirren viele Gedanken herum. Ich habe viele Fragen, aber manchmal fällt es mir schwer, Antworten darauf zu finden. Ich wünsche mir, meine Innenwelt nach außen bringen zu können, um mich mit ihr zu unterhalten und mir ihre Sorgen oder auch Wünsche anzuhören.

Auf der Reise des Lebens verlieren wir uns oft, sind orientierungslos. Manchmal schreiten wir langsam voran, manchmal laufen wir atemlos, in der Eile fallen wir auch das eine oder andere Mal hin, übertriebene Eile tut uns nicht gut. Auf dieser Reise wollen wir Spuren hinterlassen. Einige von ihnen verschwinden, einige bleiben. Aber wir drehen uns niemals um, um diese Spuren zu betrachten, weil sie uns stets verfolgen, immer hinterherkommen. Auch dann, wenn wir es nicht wollen, lassen sie uns nicht im Stich, auch dann nicht, wenn sie uns zum Albtraum werden.

Wir kommen in diese Welt, ohne eine Wahlmöglichkeit zu haben. Auch dann, wenn uns scheinbar die Möglichkeit geboten würde, selbst zu entscheiden, auf welchem Planeten wir zu leben wünschten, könnten wir dennoch nicht den konkreten Geburtsort auf dem Planeten aussuchen. So würden wir die Zeit verschwenden, indem wir von Planet zu Planet reisten, ohne den geeigneten zu finden. Und ich, wofür würde ich mich entscheiden, falls ich die Erde wählte, auf welchem Kontinent würde ich leben wollen? Wenn die Erde gar keine Kontinente hätte, sondern eins wäre, gleich für alle, dann wären wir alle gleich und würden gemeinsam mit der Erde vermodern, alle miteinander eins werden. Aber wenn alles so gleich wäre, wäre das Leben nicht so attraktiv. Die Vielfalt gefällt mir da schon mehr. Das, was uns verbindet, ist die Tatsache, dass wir alle Menschen sind. Es gibt keine perfekte Welt. Die vollkommene Welt müssen wir in uns selbst errichten, unzerstörbar und dauerhaft gegenüber allen Herausforderungen.

Wieder einmal muss ich bejahen, dass wir privilegiert sind, weil wir nicht die Last der Gleichförmigkeit zu tragen haben. Es ist überhaupt nicht leicht, Entscheidungen zu treffen. Manchmal lässt man die Dinge offen, schiebt sie aus Angst beiseite, und die Unentschlossenheit wird zu einer Flucht vor der Verantwortung, die man auf sich nehmen muss. Das dahineilende Leben ist sinnlos, düster, humorlos, wie ein grauer Herbsttag, wo die Blätter aus Feuchtigkeit zu vergehen beginnen und in jedem Augenblick die winterliche Eiseskälte einfallen kann. Was machen wir dann? Wir laufen weg, um einen Winkel zu finden, wo wir verweilen und uns vor der Kälte zusammenkauern können. Dann werden wir uns nicht um das Aussehen jenes rettenden Obdachs kümmern.

Die Welt ist groß, und fast jeder von uns kommt sich in ihr mikroskopisch klein vor. Ein paar hingegen fühlen sich viel größer, so groß, dass sie sich als unvergleichbar mit den anderen betrachten. Diese falsche Selbstüberschätzung bringt diese Menschen an den Rand des Abgrunds, aus dem zu entkommen ihnen dann sehr schwerfällt. In ihrem Bemühen, andere von ihrer Unvergleichbarkeit zu überzeugen, gehen sie sogar so weit, dass sie Übeltaten verüben und andere auf vielerlei Art verletzen. Manchmal machen wir uns auch in Gedanken lächerlich. Aber was sollen wir tun? Wir sind Menschen und daher unvollkommen.

Wie schnell die Uhrzeiger laufen! Es kommt mir vor, als ob die Nacht sehr schnell vergehen wird, während meine mit Weltschmerz beladenen Gedanken sich in der Welt zerstreuen. Um es anders auszudrücken: Wenn wir keine Lösung für unsere Probleme finden, dann beschäftigen wir uns mit der Welt. Denn wir müssen unbedingt einen Verantwortlichen für unser eigenes Scheitern finden.

Das Mondlicht ist in mein Zimmer eingedrungen. Es scheint mir in diesen späten Stunden Gesellschaft leisten zu wollen. Ich brauche kein anderes Licht. Es genügt mir, um schreiben zu können. Ach, wie ironisch das Schicksal manchmal ist! Ich hätte mir niemals gedacht, einmal ein Tagebuch zu führen. Ich habe immer gedacht, ich wäre jederzeit in der Lage, offen über mich selbst zu sprechen, über das Leben, die Umwelt und die Gesellschaft, die uns umgibt, und vor allem über die Gefühle. Ein schöner Gedanke. Aber die Wirklichkeit serviert uns manchmal Dinge, über die wir nicht offen sprechen können. Vielleicht nicht deshalb, weil wir keine Kraft zum Sprechen haben, sondern weil wir uns – über die Menschen und ihre Gedanken besser Bescheid wissend – später darüber bewusst werden, dass sie unsere ausgesprochenen Gedanken und Gefühle sowie uns selbst verurteilen und ablehnen werden.

Das Leben ist so unvorhersehbar. Obwohl du von vielen Menschen umgeben bist, fühlst du dich am Ende wieder einsam. Einsam nicht wegen dem fehlenden Vertrauen, sondern deswegen, weil du es nicht wagst, über deinen Kummer zu reden, dich nicht traust, die Vertrauenswürdigkeit der anderen auf die Probe zu stellen.

Das Leben ist voller Herausforderungen, die uns in eine Ecke treiben und irgendwann einsam, sorgenvoll und ohne Lösung zurücklassen. Sie bringen uns sogar dazu, uns schuldig zu fühlen, ohne etwas angestellt zu haben. Sie lassen uns selbst ganz klein und kraftlos vor den anderen erscheinen.

Unrecht zu haben oder Unrecht zu erleiden sind zwei völlig verschiedene Dinge. Die meisten tun sich schwer, sie voneinander zu unterscheiden. Sehr oft rechtfertigen die Leute das von ihnen getane Unrecht damit, dass sie eigentlich die Opfer und die Verletzten seien.

Manchmal erscheint mir das Leben als sehr ungerecht. Es spielt mit unseren Gefühlen, unserem Schicksal, unseren Wünschen und unserer Geduld. Es macht uns zu unterschiedlichen Menschen, obwohl wir in Wirklichkeit gleich sind.

I

In Konstanz, einer großen touristischen Stadt, begann das Leben fast vor Sonnenaufgang. Die Stadt toste vor Einwohnern wie auch Touristen, welche aus den verschiedensten Ländern kamen. Hier gewann man den Eindruck, als ob keiner den anderen kannte. Jeder war in Eile, um seine Angelegenheiten zu erledigen, ohne jemals zurückzuschauen. Alle schienen in einer egoistischen Welt zu leben. Manchmal war der erste Eindruck sehr wichtig. Aber was brachte das, wenn die Realität weit vom ersten Eindruck entfernt war? Hanna allerdings schien nicht inmitten jener Menge, welche jeden Tag die Stadt belebte, verloren zu sein. Vielmehr schien es, als hätte sie über die Masse triumphiert. Sie war kein Schatten geblieben inmitten von so vielen Sonnenstrahlen. Es kannten sie nicht nur die Bewohner und Ladenbesitzer der Straße „Heinrich Heine", sondern auch alle Bücherliebhaber. Sie lebte in der Welt der Bücher, war ein Teil von ihnen geworden. So war sie ein ordentliches Mitglied der Stadtbibliothek, in der sie schon seit drei Jahren arbeitete. Die Albanerin aus Kosovo war selbst zu einem Buch geworden, in welchem die Bibliotheksbesucher manchmal ein wenig über ihre persönliche Geschichte zu lesen wünschten. Wer war Hanna?

Hanna Shala, vierundzwanzig Jahre alt, aus Kosovo, war die Jüngste in der Familie Shala, die in Deutschland in der Stadt Konstanz lebte. Ihr Vater hieß Gani und ihre Mutter Ajna. Sie hatte eine Schwester und einen Bruder, beide älter als sie. Ihre Schwester hieß Besa, ihr Bruder Flamur. Ihr Vater Gani war in den Achtzigerjahren nach Deutschland emigriert.

In seine Stirnfalten waren die Geschichten des Schmerzes eingeschrieben. Die Jahreszeiten wechselten sich ab und die Jahre vergingen, indem sie die Hoffnung auf eine Rückkehr ins Vaterland mit sich nahmen, in ein endlich befreites Vaterland, ohne Kriege, ohne Morde, ohne Folter.

Täglich dachten sie daran, die halb verwirklichten Träume zu vollenden, doch das Leben spielte mit ihrem Schicksal. Viele von ihnen, im Gepäck die Träume und den Wunsch nach Rückkehr in die Heimat, schienen in die Ewigkeit zu gehen, während sie am Ende vom Vaterland nur die kalte Erde genossen, welche auf ihre Körper geworfen wurde.

Viele von Ganis Freunden, sich jahrelang der Hoffnung auf eine Rückkehr in die Heimat hingebend, erlitten dieses Schicksal. Einige von ihnen kehrten sogar in den Kosovo zurück und opferten sich für seine Freiheit, während einige andere nach der Pensionierung im Alter für immer in seinem Schoß eingingen.

Auch Gani ereilte das Schicksal der Emigration. Damals hatten sie ihn von der Arbeit entlassen. Um das Überleben der Familie zu sichern, war er gezwungen, die Heimat zu verlassen und ins Ausland auszuwandern, ohne genau zu wissen, wohin er sich wenden sollte. Anfangs wollte er nur zwei, drei Monate bleiben, um ein wenig Geld zu verdienen und wieder in den Schoß der Familie zurückzukehren. Niemals hätte er sich gedacht, dass er sein Leben hier in Deutschland verbringen würde.

Die Jahre vergingen, stets daran denkend, diesen oder nächsten Monat in die Heimat zurückzukehren und die meiste Zeit in Einsamkeit verbringend. Doch er teilte dieses Schicksal mit Hunderten und Tausenden anderen Albanern, welche die Einsamkeit wählten, damit die übrigen Familienmitglieder der Heimat nicht den Rücken kehren mussten und das Vaterland in der Folge nicht in den Händen der Besatzer blieb.

Irgendwann hatte sich die Lage im Kosovo so sehr verschlechtert, dass Gani auch seine Familie – die Ehefrau Ajna, den Sohn Flamur und die beiden Töchter Besa und Hanna – nach Deutschland holen musste. In Konstanz führten sie ein durchschnittliches Leben, so wie auch viele andere albanische Familien in der Emigration. Da nun seine Familie da war, vermehrten sich auch Ganis Sorgen. Neben der Arbeit musste er sich auch um seine Familie kümmern. Sein Hauptaugenmerk galt der Bewahrung der albanischen Tradition und Identität. Vor allem die Kinder sollten innerhalb der von eigenen Tradition vorgegebenen Grenzen bleiben. Die Kinder wuchsen im Geiste der Vaterlandsliebe auf, stets mit dem Wunsch, ihre Heimat jedes Jahr zu besuchen. Gleichzeitig wuchsen sie inmitten verschiedener Kulturen auf. Es fehlte nicht an gegenseitigem Respekt, abgesehen von einigen seltenen Ausnahmen.

Gani ließ keine Gelegenheit vorübergehen, seine Kinder daran zu erinnern, woher sie stammten. Jedes Mal riet er ihnen, dass sie ihr Schicksal mit Menschen gleicher Nationalität verknüpfen sollten, weil seine Familie sonst nicht mit deren Entscheidung einverstanden wäre. Die beiden Älteren hatten bereits ihr Schicksal gewählt. Nur Hanna war noch ledig. An diese Tatsache erinnerte sie der Vater immer wieder.

„Meine Tochter, jetzt bist nur mehr du übrig, um über dein Schicksal zu entscheiden", sagte er eines Tages zu ihr. „Ich habe großes Vertrauen in dich und weiß, dass du uns nicht enttäuschen möchtest. Ich weiß, dass es für deinen Bruder und deine Schwester nicht leicht gewesen ist. Ich verstehe daher, dass es auch für dich nicht leicht ist, weil ihr inmitten von Fremden lebt und arbeitet. Aber du darfst niemals vergessen, dass wir nicht zusammenpassen. Der Unterschied zwischen uns und denen ist sehr groß, angefangen von der Kultur, über die Tradition, bis zur Religion. Unsere islamische Religion verbietet uns strengstens, dass eine muslimische Frau einen christlichen Mann heiratet. So etwas würde ich niemals akzeptieren."

Wer weiß, ob Gani jemals erfahren hat, wie der Islam unter den Albanern verbreitet worden ist, ob er wusste, dass die Albaner gewaltsam zum Islam bekehrt worden waren.

In solchen Gesprächen klang Ganis Stimme rauer, als wollte er dadurch überzeugender erscheinen und seinen Ratschlägen bezüglich der Deutschen und jener mit anderer Nationalität Nachdruck verleihen.

„Wisse, dass für die viele Dinge im Leben normal sind, die für uns eine ganz andere Bedeutung haben. Wir dürfen auch nicht vergessen, dass sie die Ehe nicht so ernst nehmen."

In solchen Gesprächen hielt er seine Augen stets auf Hanna gerichtet.

„Auch wenn sie ihren Gefühlen Ausdruck verleihen, tun sie es nur, um sich die Zeit mit uns zu vertreiben. Wir passen einfach nicht zueinander. Der langen Rede kurzer Sinn: Albaner und Deutsche können nicht unter einem Dach wohnen."

Unverzüglich, um den Vater zu beruhigen und jeden Zweifel an seinem Ratschlag auszuräumen, nickte Hanna jedes Mal zustimmend und überzeugend mit dem Kopf. Nichtsdestotrotz zerbrach sie sich manchmal den Kopf über die vom Vater vorgebrachten Gegensätze zwischen den Nationalitäten und Kulturen. Seine Gespräche waren nicht selten voller Geheimnisse, weil die Worte oft zweideutig waren und man nicht immer wusste, worauf er hinauswollte.

Die jahrhundertelangen Kriege hatten den Fanatismus in der Bewahrung der nationalen Identität gesteigert. Dieser Fanatismus, in den Augen der anderen als übertrieben erscheinend, hatte vielleicht das albanische Volk vor der Assimilation bewahrt. So war das Leben für die Albaner Glück oder Unglück oder gar beides zusammen.

II

Die Gewässer des Bodensees flossen ohne Ende, unabhängig von der Jahreszeit oder dem vorherrschenden Wetter. Der Bodensee war stets auf seinem Platz, unerschütterlich und den Bürgern und Besuchern treu, so wie die Besa, das Ehrenwort der Albaner. Er hielt in sich die Geheimnisse all jener verborgen, die zu ihm kamen, die schönen und traurigen Erinnerungen seiner Besucher. Er war der Zeuge von vielen Erlebnissen, Versprechen, Lieben und Trennungen. Der See hörte sich eine jede Beichte an, ohne Rechenschaft zu verlangen oder jemanden zu verurteilen. Vor ihm waren alle gleich. Ihn interessierte weder Hannas Herkunft noch Saras Hautfarbe.

Der Bodensee war auch der Zeuge und treueste Freund von Hanna. Sie fragte sich oft, ob auch die anderen hierherkamen, um sich mit dem See zu unterhalten. Konnte es sein, dass Sara die beste Freundin ist, manchmal mit dem See sprach, weil sie so gut wie nie Sorgen zu haben schien? Hanna kamen Saras Eigenschaften seltsam und einzigartig vor. Sie wusste aber nicht, dass auch Sara sehr oft zum See kam und sich mit ihm unterhielt. Nina hingegen, die die Gänge der Bibliothek auf und ab ging, als wäre sie der fröhlichste Mensch der Welt, unterhielt sich nicht nur mit dem Wasser des Sees, sondern schrie sogar mit ihm und wurde auf diese Art die ganze innere Wut los. Wenigstens innerhalb der dicken Mauern der Bibliothek schienen alle glücklich zu sein, vielleicht weil sie jeden Tag in den Büchern blätterten.

Hanna arbeitete seit drei Jahren wochentags von sieben Uhr in der Früh bis siebzehn Uhr am Nachmittag in der Stadtbibliothek. Sie liebte ihre Arbeit so sehr, dass sie niemals auf den Gedanken gekommen wäre, einen anderen Job zu suchen. Die Arbeitszeit war für sie mehr ein Vergnügen, vor allem wenn Sara auch anwesend war. Sie war ihre beste Freundin.

Die dreistöckige Bibliothek eroberte die Herzen der Angestellten und Besucher im Sturm. In der Mittagspause blätterte Hanna gewöhnlich in Büchern. Am meisten interessierten sie jene über Psychologie. Sie las aber auch gerne über das Thema der Diskriminierung von Menschen. Das war auch oft das Gesprächsthema unter den Arbeitskollegen, wenn sie die Ursache solchen Verhaltens wie ein Rätsel zu lösen versuchten. Obwohl die Bibliotheksangestellten aus unterschiedlichen Kulturen kamen, verstanden sie sich sehr gut untereinander. Nur eine schien ein Problem damit zu haben – Nina. Für sie waren solche Themen am Arbeitsplatz völlig unerwünscht. Wenn sich alle Angestellten versammelten, geschah es manchmal, dass Nina ihre Autorität als Aufsichtsperson zeigte. Das störte Hanna überhaupt nicht. Sie respektierte ihre Position. Bei solchen Zusammentreffen hielt sie sich als Zeichen des Respekts ihr gegenüber zurück. Nina wurde von allen Bibliotheksangestellten respektiert.

III

Hannas Tag begann sehr früh am Morgen. Auch die Stadt erwachte so früh wie Hanna. Jeden Morgen waren ihre Schritte auf dem Pflasterstein zu hören, wenn sie zur Arbeit ging. Der Morgen fing für sie mit der warmen Begrüßung der Angestellten an, die die Läden entlang der Straße öffneten.

„Guten Morgen, Hanna", grüßte sie Marco, dem sie mit einem gütigen Lächeln antwortete.

„Guten Morgen, Hanna", war von Klaudia zu hören, die schon auf der anderen Straßenseite gewartet hatte, „du siehst auch heute, so wie immer, toll aus."

„Danke, liebe Klaudia. Auch du bist wie jeden Tag sehr hübsch", antwortete ihr Hanna mit dem gewohnt leichten liebevollen Lächeln, welches ihr Gesicht erstrahlen ließ.

Aus einem anderen Laden war Judiths Stimme zu vernehmen, die manchmal auch zwei, drei Bücher auf dem Tresen liegen hatte.

„Guten Morgen, Hanna. Vergiss bitte nicht, mich darüber zu informieren, wenn ihr ein neues Buch bekommt", beeilte sie sich mit ihrer inoffiziellen Bestellung, während sie ihren Laden aufsperrte.

„Mach dir keine Sorgen, meine Liebe. Sobald was Neues daherkommt, lasse ich es dich wissen."

Eigentlich war es nicht üblich gewesen, dass entlang dieser Straße Komplimente verteilt wurden. Aber in den drei Jahren, in denen Hanna hier entlang ging, war sie mit allen dort bekannt geworden oder hatte sich fast mit ihnen angefreundet. Alle hatten ihr längst das Du-Wort angeboten. Sie waren es gewohnt, am Morgen die Absätze von Hannas Schuhen auf den Straßen von Konstanz auftreten zu hören. Das erweckte den Eindruck von Kirchenglocken, welche die ganze Stadt aus dem Schlaf rissen, um den Tag früh am Morgen zu beginnen. Der Tag in Konstanz fing sehr früh an, vielleicht früher als für Hanna. Aber ihre klopfenden Schuhabsätze machten den Morgen großartiger. Selbst die Straßen schienen sich an ihrem Gang zu erfreuen und zu beleben. Hannas Lächeln verlieh dem Tag eine Süße. Ihre himmelblauen Augen und ihr schlanker Körper machten sie anmutig, während ihre langen braunen Haare hübsch über ihre Schultern fielen. Sie strahlte Lebendigkeit aus und verteilte ihre Positivität entlang der alten Pflasterstraße. Sobald die Angestellten sie erblickten, lächelten sie ihr freundlich zu. Oft unterhielten sie sich über Hanna und sagten:

„Sie scheint eher so wie wir zu sein. Sie gehört nicht zu jenen Ausländern, die, wenn sie vorbeigehen, den Kopf wegdrehen und überhaupt nicht grüßen."

Stattdessen nahm sich Hanna oft zwei, drei Minuten ihrer Zeit, um sich höflich mit den Ladenangestellten zu unterhalten. Für sie war sie *eine Fremde* in ihrer Stadt, die sich ganz von selbst in unsichtbarer und süßer Weise mit ihnen angefreundet hatte. Sie erfreuten sich ihrer Offenheit, die sie am Morgen und Spätnachmittag mit sich brachte. Doch es gab auch solche, die ihren Gruß überhaupt nicht erwiderten. Dieses Verhalten ignorierte sie. Sie fand immer einen Grund dafür; meistens lag dieser für sie im Charakter der Menschen.

Entgegen allem Auf und Ab im Leben schien Hanna stets sehr glücklich zu sein, als ob sie der glücklichste Mensch in ganz Konstanz wäre, der mit seiner Gegenwart alle anderen beglückte. Oft fragten sie sie:

„Bist du eigentlich nie erschöpft, Hanna? Woher nimmst du all diese Positivität, wenn du doch ständig arbeitest?"

„Ich empfehle euch das Buch ‚The Secret – Das Geheimnis' von Rhonda Byrne zu lesen", antwortete sie ohne zu zögern. „Darin werdet ihr das Gesetz der Anziehung entdecken, welches besagt, dass Gleiches Gleiches anzieht. Sobald ihr also einen positiven Gedanken habt, zieht ihr andere ähnliche positive Gedanken an."

Wie sollte sie auch anders antworten, wo sie doch jeden Tag zwischen den Büchern der großen Stadtbibliothek verbrachte.

Sogar sie selbst war wie ein Buch, das man erst mal lesen musste, um sie zu entdecken.

Hanna hatte längst die Liebe und den Respekt der Ladenangestellten in der Heinrich-Heine-Straße gewonnen. Am Ende der Straße machte sie gewöhnlich ihren ersten Stopp im Café von Herrn Meier. Dort trank sie den ersten Kaffee. Seit einiger Zeit trank sie diesen Morgenkaffee nicht allein. Dort im Eck traf sie sich mit Chris, der zur gleichen Zeit wie sie auf dieser Straße zur Arbeit ging. Dabei war nicht klar, ob er wegen des Kaffees oder wegen Hanna dort Halt machte.

Chris war für Hanna kein Unbekannter. Sie kannten sich seit der Kindheit. Sie waren in die gleiche Schule gegangen und damals sogar Nachbarn gewesen. Er war vier Jahre älter als sie. Oft schwelgten sie in den Erinnerungen an die gemeinsame Kindheit, wie sie miteinander gespielt hatten. Als Hannas Familie in eine andere Siedlung der Stadt umgezogen war, besuchte sie auch eine andere Schule. So verloren sie sich zunächst aus den Augen. Aber Konstanz war nicht so groß, sodass ihre Freundschaft andauerte.

Diesen Morgen jedoch war Chris nicht wie gewohnt an der Ecke der Straße. Hanna dachte zuerst, er sei vielleicht schon im Café. So ging sie hinein, um nachzuschauen. Es waren aber nur der Besitzer und fast die gleichen Gäste da, die immer den frühen Morgenkaffee dort tranken.

„Guten Morgen, Herr Meier", wandte sie sich lächelnd an den Besitzer.

„Guten Morgen, Hanna. Bitte schön, nimm Platz. Wie immer den gleichen Kaffee, oder?"

„Ja, ja. Immer den gleichen. Aber ich weiß nicht. Vielleicht sollte ich noch etwas warten, bis Chris kommt. Oder war er schon früher da?", fragte sie ihn neugierig.

„Nein, er ist noch nicht gekommen. Aber okay, warten wir noch. Ganz wie du wünschst."

Hannas Augen blieben auf den Eingang gerichtet. Doch es kam niemand, und der Zeitpunkt, um zur Arbeit aufzubrechen, rückte immer näher.

Die Buchliebhaber kamen sehr oft sehr früh und warteten vor dem Eingang, bis die Bibliothek aufsperrte. Für einige Momente entfernte sie sich in Gedanken von den Büchern und der Bibliothek. Heute Morgen war sie mit den Gedanken ganz bei ihrem Freund. Sie hatte sich so sehr daran gewöhnt, den Morgenkaffee mit ihm gemeinsam zu trinken. Nun stand sie verstört vor der Eingangstür der Bibliothek und blickte auf die Seite zum Café. Manchmal verlor sich ihr Blick irgendwo am Horizont, nur um zu sehen, ob Chris dort in der Nähe auftauchte. Sara, die inzwischen zu ihr getreten war und ihren verlorenen Blick begleitete, bemerkte sie überhaupt nicht.

„Dir sind wohl die Tauben davongeflogen, was?", sprach diese sie scherzend an. Doch Hanna erschrak vor Sara, die da sprach und machte einen Sprung. Wie mit halblauter Stimme fragte sie:

„Wo kommst du plötzlich daher?"

„Auch ich muss arbeiten so wie du und mit dir. Oder hast du das ganz vergessen?"

„Nein, nein. Habe ich nicht. Aber heute bin ich irgendwie durcheinander."

„Warum? Hast du den Morgenkaffee noch nicht getrunken, damit du wach bist?", fragte Sara voller Humor.

„Den Kaffee habe ich schon getrunken. Aber ich weiß nicht. Heute fühle ich mich irgendwie anders, komisch. Ich weiß nicht, wie ich dieses Gefühl erklären soll", erwiderte Hanna, mit den Achseln zuckend.

„Darf ich fragen, ob etwas passiert ist?"

„Nichts ist passiert. Ich fühle mich nur so komisch."

„Gut, wenn nichts passiert ist, dann denk an etwas Schönes. Unser Verstand lässt sich oft durch verschiedene Gefühle beeinflussen, die uns Kummer bereiten. Wir neigen dazu, dem Glauben zu schenken, was uns der Verstand vorgaukelt. Wohl wissend, dass unser Verstand wie ein schief aufgestellter und oft verstaubter Spiegel ist, in dem wir unser Wunschbild und nicht die Wirklichkeit sehen."

„Du hast völlig recht", sagte Hanna, deren Aufmerksamkeit ganz auf die Worte ihrer Freundin gerichtet war.

„Recht haben unsere Schriftsteller, die unsere Welt mit diesen schönen Ratschlägen bereichern, welche uns dabei helfen, die Wirklichkeit besser zu verstehen. Ach, übrigens: Es sind einige neue Bücher gekommen!"

Die beiden jungen Frauen stürmten in die Bibliothek, um sich die Titel der neuen Bücher anzuschauen.

Hanna und Sara arbeiteten seit einigen Jahren in der Bibliothek zusammen. Ihr Verhältnis zueinander war beneidenswert. Außer über die Arbeit konnten sie auch über private Dinge reden. Sie waren nicht nur Arbeitskolleginnen, sondern inzwischen auch gute Freundinnen. Die beiden Frauen, welche die gleiche Arbeit machten und in der gleichen Stadt lebten, kamen aus unterschiedlichen Kulturen. Hanna kam aus dem Kosovo. Sara war halb Deutsche und halb Brasilianerin. Ihre Hautfarbe war braun. Ihr Vater war Deutscher, ihre Mutter Brasilianerin. Diese Tatsache hinderte die jungen Damen nicht daran, miteinander Freundschaft zu schließen.

IV

Schweigend saß Hanna am Rande des Sees gegenüber der Imperia, der 1993 im Hafen von Konstanz errichteten Statue, welche sich innerhalb von vier Minuten um ihre eigene Achse drehte. Sie starrte auf den unendlichen Horizont. Der leichte Wind liebkoste wie unabsichtlich ihr blasses Gesicht, als wollte er ihr einen Teil ihres Kummers nehmen, um ihr das schwere Herz zu erleichtern. Zwischen ihren dünnen Fingern bewegte sie einen kleinen Kieselstein, der wie ein Drehmechanismus für Wünsche schien. Dabei beobachtete sie die Touristen aus aller Herren Länder, die dort vorbeikamen, um vor der Imperia Fotos zu machen. Jeder von ihnen schien etwas von der Geschichte dieser Statue mitnehmen zu wollen, als eine unvergessliche Erinnerung. Einigen kam die Statue hässlich vor. Sie gingen herum, ohne Hanna zu bemerken, die sie mit neugierigen Blicken beobachtete, als ob sie deren Welt begreifen wollte. Erstaunt dachte sie:

„Ich weiß nicht, was ich in diesen Menschen sehe. Wer sind sie überhaupt? Woher kommen sie? Ich kenne nicht einmal deren Nationalität. Warum kommen sie eigentlich hierher nach Konstanz? Warum sind wir hier, wenn wir einer für den anderen nicht würdig sind? Warum wollen wir die Geschichte der Länder kennen, in denen wir uns selbst nicht wiederfinden? Warum leben wir in Staaten und Gesellschaften, die unser nicht würdig sind? Was ist das für eine Ironie? Wer spielt so mit den Gefühlen der Völker?"

Ab und zu erfasste sie eine Welle der Wut, wenn sie sich selbst diese Fragen vorlegte, weil sie noch nicht den Mut aufgebracht hatte, anderen solche Fragen zu stellen. In ihren Augen war die Welt ein Theater, wo ein jeder von uns eine bestimmte Rolle spielte. Diese Rolle mussten wir nach Regeln spielen, welche andere für uns festgelegt hatten, ohne auf unsere Wünsche und Gefühle Rücksicht zu nehmen.

Die Ironie und die Wut, die sie gepackt hatten, waren klar von ihrem Gesicht abzulesen. Hatte sie nicht recht mit diesen Fragen? Sie hatte sich das Leben in Deutschland nicht selbst ausgesucht, und viele Dinge machte sie gegen ihren Willen. Ihr wurde fast alles serviert. Ohne zu widersprechen, akzeptierte sie alles schweigend, als ein Zeichen des Respekts, weil sie ihre Familie nicht enttäuschen wollte.

Irgendwann begann sie, selbst Antwort auf ihre schon lange brennenden Fragen zu geben. In dieser Hinsicht fühlte sie sich einsam, im Stich gelassen und mutlos, um etwas zu unternehmen. Sie kam sich machtlos vor gegenüber den beiden so unterschiedlichen Gesellschaften. Die eine kannte sie sehr gut, die andere hingegen war ihr noch unbekannt, obwohl sie in ihr lebte. Das sonst so tapfere Mädchen schien nun sehr ängstlich und unbeschützt vor der Wirklichkeit. Es war weniger die Realität, vor der Hanna Angst hatte, als vielmehr die Tatsache, dass sie andere mit ihren Entscheidungen verletzen und enttäuschen könnte, obwohl diese Entscheidungen eigentlich niemandem Schaden zufügten.

Hanna wurde aus ihren Gedanken gerissen, als das nächste Schiff mit Touristen im Hafen anlegte. Alle möglichen Leute gingen von Bord. Dabei fiel ihr ein glückliches Paar auf. Die Frau war eine Asiatin, der Mann ein Farbiger. Hände haltend und lächelnd verließen sie das Schiff. Ihr Glück steckte auch Hanna an, die seufzte und zu sich selbst sprach:

„Wie glücklich sie aussehen, so verschieden im Äußeren, so gleich im Inneren! Es gibt also eigentlich gar keine Unterschiede. Wir sind alle gleich. Unserem äußeren Aussehen verleiht die Seele Licht, und alles verblasst gegenüber dem inneren Gefühl der Seele. Nur auf diese Weise wird die menschliche Besonderheit gebildet, das Einzigartige des Menschen, welches wir selbst zerstören, indem wir ihm verschiedene Formen und Farben geben. So unterschiedlich wir auch sein mögen, so gleich sind wir auch."

Es blieb abzuwarten, in welcher Gesellschaft sie suchen musste, um jemanden zu finden, der auch so dachte wie sie. Die Wirklichkeit ließ sie noch daran zweifeln. Aber einer Sache war sie sich sicher: Von nun an wollte sie ihren Gefühlen Ausdruck verleihen, die Tabus der Gesellschaft brechen, ein neues Kapitel ihres Lebens aufschlagen, ohne Rücksicht auf den Preis zu nehmen, den sie dafür zu zahlen hätte. Sonst hätte nichts mehr einen Sinn. Wozu diente letzten Endes all ihre Ablehnung der Vorurteile bezüglich Religion, Nationalität, Hautfarbe usw.? Sie konnte solche Ansichten einfach nicht mehr akzeptieren und wollte ihre wahren Gefühle nicht mehr unterdrücken.

Ausschnitt aus Hannas Tagebuch:

*Wie schön es doch ist, im Tagebuch zu schreiben! Es widerspricht dir nicht, verurteilt dich nicht, treibt dir nicht die Angst in die Adern mit falschen Bewertungen und Vorurteilen, sondern hört dir aufmerksam zu und behält all deine Erzählungen für sich. So toll bewahrt es dein Geheimnis. Wäre es nicht schön, wenn ich auch mit jemand anderem sprechen könnte, der mir so zuhörte wie dieses Tagebuch jetzt? O nein, nein! Die Vorstellungskraft ist riesig, doch die Wirklichkeit ist völlig anders. Jetzt werde ich über den heutigen Tag schreiben, den ersten Tag, den neuen Tag, doch mit alten Erfahrungen und Erlebnissen. Der Frühling hat bereits an die Türen unserer Stadt geklopft. Seine Anmut schenkt dir völlig andere Gefühle als die übrigen Jahreszeiten. Mich macht er sensibler und willensstärker für alles. Manchmal scheint mir das Gefühl zu sagen: „Schreite vorwärts! Mach weiter! Das Leben gehört dir! Hab keine Angst, weder vor der zu großen Hitze des Sommers, noch vor der Düsterheit des Herbstes! Lass dich auch niemals von der Eiseskälte des Winters unterkriegen! Denk stets daran, dass sie alle vergehen und der Frühling wiederkehren wird!" Die Jahreszeiten kommen und gehen, doch die Dinge, die wir machen und erleben, bleiben. Vielleicht wiederholen sie sich manchmal, aber eines Tages haben sie ein Ende.
Manchmal kommen wir uns sehr unvorbereitet auf das Leben vor, als würden wir nicht daran denken, was uns der Morgen*

bringt. Viele Dinge können wir in unserem Leben nicht vorhersehen, Dinge, die jedem, im Leben passieren können. Doch wenn uns so etwas geschieht, dann drehen wir um und fragen uns selbst: „Wie ist es denn möglich, dass mir so etwas passiert ist? Was soll ich jetzt tun? Wie soll ich mich verhalten? Wie kann ich wieder aus diesem Labyrinth kommen?" Solche Fragen dürfen vielleicht überhaupt nicht gestellt werden, weil man den lebenswichtigen Dingen nicht ausweichen kann. Das ist noch niemandem gelungen, und es wird auch mir nicht gelingen.

Wenn wir in die Welt der Gedanken eintauchen, vergessen wir auch, uns vorzustellen, zu erzählen, wer wir sind, woher wir kommen, was wir machen. Ich frage mich gerade, wer ich bin, wer ich gewesen bin und wer ich sein werde. Lächerliche Fragen, ich weiß. Jedes Mal fallen mir Papas Worte ein: „Bis zum Erwachsenenalter versuchen die Eltern den Charakter der Kinder zu formen, und zwar in der möglichst besten Weise. Doch wenn die Kinder erwachsen sind, treffen sie ihre eigenen Entscheidungen, wobei die Eltern darauf vertrauen, dass sich ihre Kinder dabei stets innerhalb der Grenzen der familiären Erziehung bewegen."

Eine schöne Aussage meines Vaters: die Erziehung geben uns die Eltern, den Charakter bilden wir uns selbst. Deshalb müssen wir immer wir selbst sein, sogar dann, wenn das den anderen nicht passt. Ich selbst zu sein ist überhaupt nicht leicht für mich. Die Gegensätze zwischen den Gesellschaften erlebe ich nicht nur in meiner Familie, sondern leider auch in der Arbeit. Auch wenn sie sich bemühen, ihre Ansicht über die Ausländer für sich zu behalten, so spricht ihr Verhalten doch für sich selbst. Taten sagen mehr als Worte. Oft fragen mich sogar die Besucher, woher ich komme. Mein Akzent verrät, dass ich keine Deutsche bin. Der Blick von den meisten ist sehr wild. Die Rauheit ihres Blickes dringt tief in die Seele. Oft muss ich solche Blicke ignorieren. Wenn ich darauf reagiere, erreiche ich nichts, denn am Ende haben sie immer recht. Danach würde ich noch dazu die Arbeit verlieren. Wir dürfen schließ-

lich niemals den geistreichen Ausspruch vergessen, dass der Gast König ist. Die schwierigsten Situationen mit den Besuchern erlebt Sara. Obwohl sie überhaupt keinen Akzent hat, bekommt sie wegen ihrer Hautfarbe oft den offenen Hass zu spüren. Nicht selten ist es vorgekommen, dass sie sich in eine Ecke zurückgezogen hat und ich sie dort weinend angetroffen habe. Um ein Rassist zu sein, müssen wir nicht aus einem bestimmten Land kommen, weil es auch in den demokratischsten Ländern solche Menschen gibt. Vielleicht ist in uns allen tief in der Seele ein Gefühl des Rassismus verborgen, welches wir keinesfalls entdecken wollen.

ℓ

Die Luft war sehr frisch diesen Morgen. Hanna trat zum Fenster der Bibliothek und schob den Vorhang auf die Seite. Der Nebel war sehr dicht an diesem Frühlingsmorgen. Sie konnte weder die Straße noch das Café von Herrn Meier am Ende der Straße ausmachen. Ihr Körper begann das kalte Wetter zu fühlen. So zog sie sich wieder vom Fenster zurück und setzte sich vor den Computer.

Es war fast eine ganze Woche vergangen, seitdem Hanna nichts mehr von Chris gehört hatte. Oft hatte sie zum Telefon gegriffen, um ihn zu fragen, ob etwas mit ihm geschehen sei. Aber sie hatte nicht den Mut, einen solchen Schritt zu tun.

Es war eine Distanzierung ohne Vorwarnung, ein Abbruch einer Freundschaft. Oder habe ich etwas falsch gemacht? Das waren so die Gedanken, welche Hanna durch den Kopf gingen und sie beunruhigten. Dank Saras Nachforschungen hatte sie erfahren, dass es ihm gutging und er jeden Tag zur Arbeit ging, aber nicht mehr durch die gewohnte Gasse.

Das waren nicht nur Gefühle der Freundschaft, in ihr spielte sich viel mehr ab. Sie fühlte mehr, mehr als nur Freundschaft. Es war ein Gefühl, das sie noch nie zuvor gehabt hatte. Jedes Mal, wenn sie jetzt an ihn dachte, schlug ihr Herz in einem beschleunigten Rhythmus und ihr Körper zitterte, wie von einem Schauder erfasst. Solche Gefühle war sie nicht gewohnt. Sie hatte keine Erklärung dafür und auch nicht die Kraft, sich ihnen zu widersetzen. Sie kam sich verändert vor, als hätte sie sich in eine andere Person verwandelt. Sie hatte das Bedürfnis, ihn zu sehen, wusste aber nicht, was sie tun sollte. Einerseits betrachtete sie ihre Gefühle als falsch, andererseits sorgte sie sich darum, was die anderen sagen könnten, wenn sie Wind davon bekämen.

In der Schublade des Arbeitstisches fand sie ein Foto von sich selbst, vor ein paar Jahren gemacht, als sie die Arbeit in der Bibliothek begonnen hatte. Wie fröhlich sie damals aussah ... Das war sie noch immer, aber sie hatte begonnen, eine Änderung an sich selbst wahrzunehmen, eine Änderung, die der Zeit und der Wirklichkeit zuzuschreiben, aber für Hanna etwas Neues war. Daher fürchtete sie sich davor, obwohl sie das Leben als Herausforderung betrachtete, die man mit der Zeit bewältigen konnte. Sie verglich das alte Foto mit einem neuen und dachte sich dabei: „Ich will, dass das alte und das neue Foto miteinander verschmelzen und zu einem Abbild werden. Oder sind das vielleicht nur Gedanken des Augenblicks und ich habe mich nicht so sehr geändert, wie ich es empfinde? Vielleicht ist es ganz anders und ich fühle nichts für ihn, unabhängig davon, dass ich die Gedanken an ihn nicht mehr loswerde." Ihr rauchte der Kopf vor allen möglichen Gedanken, die ihr nicht klar waren. Vielleicht versuchte sie, sich vor den Gefühlen und der Wirklichkeit zu drücken. Im Verstand und Herzen des Menschen kann alles passieren, wo alles seinen bestimmten Platz in unserem Leben hat. Im Wesen müssen die Menschen sich selbst so akzeptieren, wie sie sind, im Ganzen, mit allen Sonnen- und Schattenseiten um sie herum.

„Warum müssen wir uns solchen Herausforderungen stellen und uns mit dem Unmöglichen herumschlagen?", wandte sie sich an Sara, die sie von ihrem Arbeitsplatz aus ansah.

„Seit wann existiert für dich das Unmögliche? Schließlich hast du mir dabei geholfen, die unterschiedlichsten Herausforderungen zu meistern und stets an das Mögliche zu glauben. Und nun sprichst du von unmöglichen Dingen? Was ist los mit dir?", erwiderte ihr Sara.

„Ich weiß es nicht. Ich fühle mich so anders, als wäre ich nicht mehr ich selbst, als würde etwas auf meine Brust drücken", versuchte Hanna ihre unklaren Gefühle zu erklären.

„Haben diese Gefühle etwa was mit Chris zu tun?", fragte Sara.

„Ich weiß es nicht. Aber ich fühle, dass ich mir wünsche, ihn zu treffen und zu sehen. Jedes Mal, wenn ich an ihn denke, ergreift mich eine Art von Panik."

„Beruhige dich, denk an nichts. Lass dir Zeit. Die Zeit wird alles klären."

Sara umarmte ihre Freundin, um sie zu trösten.

Ich würde mich schämen, falls er meine Gefühle für ihn bemerkt hätte, dachte Hanna, wobei ihr blasses Gesicht errötete. Seine Distanzierung kränkte sie sehr. Andererseits versuchte sie, es auch als etwas Positives zu sehen. Nachdem er auf Distanz gegangen war, konnte sie auch keine weiteren Fehler mehr machen. Im Grunde war nichts falsch. Aber wenn man die Dinge aus anderen Perspektiven betrachtete, dann konnten sie einem auch als falsch erscheinen.

VI

Am Abend versammelten sich alle Familienmitglieder im Haus, um zur aktuellen Lage im Kosovo zu frönen. Fast täglich hörten sie vom Auffinden eines Massengrabs. Während die Namen der Identifizierten vorgelesen wurden, spitzte Gani seine Ohren, ob nicht etwa auch der Name seines Bruders, dessen Schicksal ungewiss war, erwähnt würde. Jedes Mal, wenn er dessen Namen nicht hörte, erwachte in ihm ein neuer Funken Hoffnung, dass der Bruder doch noch irgendwo am Leben sein könnte.

„Wie sehr wünsche ich mir, er möge irgendwo lebend auftauchen", sagte Gani seiner Frau Ajna.

„Ja, hoffentlich. Gott ist groß und er ist allmächtig", antwortete sie ihm.

Der Glaube an Gott und seine Wunder waren die letzte Hoffnung nicht nur für Hannas Familie, sondern auch für Hunderte und Tausende andere kosovarische Familien, die nichts über das Schicksal ihrer Liebsten wussten.

„Wir können nichts anderes tun als zu hoffen", sagte Gani kopfschüttelnd mit schwacher Stimme, welche bedeutete, dass ihm die Hoffnung langsam wieder entschwand.

Hanna saß noch am Esstisch in der Küche und beobachtete ihre Eltern, die sich über ihre Sorgen unterhielten. Gleichzeitig rauchte ihr vierundzwanzig Stunden am Tag der Kopf vor herumschwirrenden Gedanken, sodass sie über sich selbst erstaunt war. Sie staunte aber auch manchmal über ihre Eltern und deren gute Beziehung zueinander. „Sie haben geheiratet, ohne sich vorher gekannt zu haben. Und nun schau, was für eine Liebe, was für ein gegenseitiger Respekt und was für ein Verständnis für den anderen! Wie ist das möglich?", fragte sie sich selbst in Gedanken. Das Gegenteil hatte hier keinen Platz. Man musste nur auf das vertrauen, was man sah und erlebte.

Im Augenblick hatte Hanna auch die eine Sorge, die sie sehr bedrückte. Als ob ihr dieser Kummer nicht genügt hätte, kam nun auch eine andere Sorge hinzu. Es ging um ein Telefonat mit ihrer Schwester Besa, die hin und wieder mit ihrem Ehemann stritt, den sie vor ein paar Jahren aus dem Kosovo hergeholt hatte. Besa hatte nicht das Glück, selbst einen Mann zu finden. So wurde sie per Ehestiftung verheiratet. Sie hatte aber nichts dagegen, weil ihr Artan von Anfang an gefallen hatte. Mit seiner Ankunft in Deutschland begannen jedoch die ersten Streitereien. Der Grund dafür war die Tatsache, dass Besa arbeiten musste und Artan deswegen von Eifersucht erfasst wurde. Hanna rauchte der Kopf vor Gedanken, aber sie konnte die Augen nicht von ihren Eltern abwenden. Sie sprach mit sich selbst wie mit einer Freundin: „Wenn ich auf die Stimme meines Herzens höre, werde ich die da verletzten und schwer enttäuschen. Wie würden sie wohl darauf reagieren? Wie weit könnte ihre Wut gehen?" Und sie stellte sich wieder die Fragen ohne Antwort: „Hat schon jemals jemand vermocht, eine Antwort auf alle diese Warums zu geben?" Tief in ihre Gedanken versunken, hörte sie ihre Mutter überhaupt nicht, bis diese sie rief:

„Hanna! Hanna! Was hast du, mein Mädchen? Du schaust nicht gut aus. Bist du etwa krank?"

„Nein, alles okay! Mir geht es gut. Ich analysiere nur gerade euer Gespräch. Nichts weiter."

„Das ist schon der vierte Tag, dass du nicht zur Arbeit gegangen bist. Was ist los mit dir? Wenn sie dich gekündigt haben, dann mach dir keine Sorgen. Das bedeutet nicht das Ende der Welt. Du findest einen anderen Job."

„Nein, Mama, sie haben mich nicht gekündigt. Ich wollte mir nur ein paar Tage Urlaub nehmen, um ein wenig Zeit für mich selbst zu haben."

Nun nahm auch Gani, ihr Vater, am Gespräch teil:

„Gut, meine Tochter. Der Mensch braucht auch Erholung. Aber vielleicht wäre es besser, wenn du erst Anfang Juni Urlaub nehmen würdest, wenn wir für eine Woche nach Kosovo fahren."

„Nach Kosovo?", fragte Hanna verwundert.

„Ja, nach Kosovo", antwortete ihr Vater.

„Bis dahin ist es ja nicht mehr so lange. Warum fahren wir nicht einmal vor Juni nach Kosovo?"

„Wir müssen die Wohnung vorher in Ordnung bringen. Außerdem sind da noch ein paar Dinge vorab zu klären, die mit deiner Zukunft zu tun haben."

„Was willst du damit sagen, Papa?"

„Tochter, du bist vierundzwanzig, bereits im fünfundzwanzigsten Lebensjahr. Jetzt ist die Zeit gekommen, einen Heiratskandidaten für dich in Kosovo zu finden. Sonst wird es zu spät und die Gleichaltrigen sind weg."

„Papa, ich denke, das hat noch Zeit. Um die Wahrheit zu sagen: Ich bin noch nicht bereit dazu. Ich weiß nicht, ob du das verstehen kannst."

„Ja, ich verstehe dich sehr gut", antwortete Gani kopfschüttelnd und brachte weitere Argumente vor. „Aber in unserer Tradition, wenn es ums Heiraten geht, spielt das Alter der Frau eine große Rolle. Das weißt du doch, oder?"

„Natürlich weiß ich das alles, Papa. Aber überlassen wir das mal der Zeit, meine ich."

„Okay, dann überlassen wir das der Zeit. Du hast es nicht leicht, eine Entscheidung zu treffen. Ich verstehe, meine Tochter. Aber was sollen wir machen, wenn das Schicksal es wollte, dass wir fern von unserem Heimatland leben müssen?", antwortete er besorgt seiner Tochter.

Vater und Tochter sprachen in reifer Weise miteinander, indem sie Verständnis für den anderen zeigten. Nichtsdestotrotz hatte die ganze Situation etwas unausgesprochen Beklemmendes in sich. Nach solchen Gesprächen fühlte sich Hanna jedes Mal wie gerädert. Ihr Vater Gani hingegen kam sich selbst wie eine Geisel der Tradition vor und brachte weder den Mut noch den Wunsch auf, sich von ihr zu lösen, sodass er mit einem eingeschworenen Fanatismus dieselbe verteidigte.

Mit dem Blick zum Boden gewandt verließ Hanna das Wohnzimmer. Von der anderen Ecke hörte sie ihre Mutter zu ihrem Vater sagen:

„Mach dem Mädchen keinen Druck. Das Heiraten kann noch warten."

„Das ist das Letzte, was ich will. Aber es sind nur noch wenige Monate bis zu ihrem fünfundzwanzigsten Geburtstag. Wer wird dann noch um ihre Hand anhalten?"

„Wenn sich ihr Schicksal erfüllt, kann es von nichts und niemandem aufgehalten werden."

„Ajna, bitte versteh doch, dass ihre Zeit fürs Heiraten gekommen ist. Wir müssen alles in die Wege leiten. Es scheint so, als hätte sie vergessen, dass sie heiraten und eine eigene Familie gründen muss. Das ist es, was mich wundert. Sie will nicht einmal über dieses Thema reden."

„Der Sommer ist bald da, und wenn wir dann zuhause in Kosovo sind, schauen wir mal, was das Schicksal für uns bereithält", antwortete ihm Ajna, um dessen angespannte Gedanken ein wenig zu beruhigen.

Wenn man die Mentalität und Kultur, mit denen er aufgewachsen war, in Betracht zog, dann waren Ganis Sorgen um Hannas Zukunft nachvollziehbar. Für die Gesellschaft aber, in der sie in Deutschland lebten, war das alles völlig absurd.

„Erinnerst du dich an Ali?", fragte Gani. „Er hat mich angerufen und um die Hand Hannas für seinen Sohn angehalten. Es ist eine sehr gute Familie. Der Sohn hat ein Universitätsstudium absolviert. Diese gute Gelegenheit dürfen wir nicht an uns vorübergehen lassen, Ajne. Das Glück klopft nur ein einziges Mal an die Tür. Jetzt ist die Zeit."

„Ach, Gani, warum hast du mir nicht gleich gesagt, dass deine Überlegungen eine konkrete Grundlage haben? Okay, okay, aber wir sollten nichts überstürzen. Solche Dinge werden in Ruhe erledigt. Wir wollen doch nicht unsere Tochter verängstigen."

„Wenn Hanna dich sagen hört ‚wir sollten nichts überstürzen', dann wisse, dass wir warten werden müssen. Dann bist du schuld. Diesen Ausspruch wird sie sofort als deine Unterstützung nehmen, und dann weiß nur Gott, ob sie jemals heiraten wird", erwiderte Gani seiner Frau.

Ihr Gespräch hatte kein Ende. Alle Eltern wünschten sich das Beste für ihre Kinder, aber manchmal brachte übertriebene Sorge Schaden mit sich. Für eine Gesellschaft, die jahrhundertelang unterdrückt worden war und ums Überleben der Nation kämpfen musste, war es sehr schwer, alle Sitten und Gebräuche mit einem Schlag hinter sich zu lassen, auch wenn diese manchmal schädlich für die Jugendlichen waren, welche in einer westlichen Gesellschaft aufwuchsen.

Die verzweifelte Hanna hatte sich in ihrem Zimmer eingeschlossen. Sie konnte das Gespräch und des Vaters Fragen nicht begreifen. „Was soll das heißen, mich nach Kosovo schicken und einen Mann für mich zum Heiraten finden? Wer kann mir das erklären? Nein, nein, das kann mir niemand erklären, weil fast alle hierhergekommenen Albaner so denken wie mein Vater. Das ist mir einfach zu viel, damit werde ich nicht fertig!", sprach sie mit sich selbst. Immer wenn sie über diese naiven Dinge, die sie als die Absurditäten der Kulturen bezeichnete, wütend war, hielt sie sich den Kopf mit beiden Händen und ging im Zimmer auf und ab, von einem Eck ins andere. Die aus dem Gespräch mit den Eltern generierte Verzweiflung bestärkte sie in ihrem Entschluss, obwohl sie davon völlig mitgenommen war.

Ihr Selbstgespräch wurde von Flamur, ihrem Bruder, wahrgenommen, welcher an die Tür klopfte und sie fragte:

„Hanna, ist alles okay mit dir? Was ist los?"

Sie ließ ihn eintreten und antwortete:

„Wie soll es einem gutgehen, wenn man solche Dinge von seinen Eltern zu hören bekommt?"

„Aber du weißt doch, wie wir sind. Das Gleiche haben sie auch mit mir gemacht. Kannst du dich noch daran erinnern, mit wie vielen Frauen sie mich verabreden ließen, um mich zu verheiraten?", erwiderte er ihr und lachte laut.

„Ich weiß, natürlich weiß ich es. Aber du hast alle zurückgewiesen. Deine Entscheidung hatte über die Eltern triumphiert, oder etwa nicht?"

„Ja, ohne Widerrede und Brüllen konnte ich auch nichts gegen die Eltern ausrichten, oder hast du das schon vergessen?"

„Das habe ich nicht vergessen. Aber deine Möglichkeiten, Flamur, sind andere als meine. Als Papa zu schreien begonnen und deine Heirat kommentiert hat, bist du einfach weggegangen und hast dich amüsiert. Du hast nicht auf ihn gehört."

Ihre Augen sprachen für sich selbst. Mit diesem Blick versuchte sie, ihm ihr Gefühl über die ungleiche Behandlung von Töchtern und Söhnen in der albanischen Familie zu vermitteln. Als er ihre Verletztheit erkannte, ergriff er ihre Hände und sprach mit sanfter Stimme zu ihr, indem er versuchte, sich in ihre Lage zu versetzen:

„Hanna, hör zu. Solche Dinge sind normal in unserer Gesellschaft. Bitte, reg dich nicht gleich auf. Nimm dieses Thema locker. Im Unterschied zu Besa und mir bist du seit deiner Kindheit mit Deutschen und anderen Ausländern zusammen gewesen. Sogar heute hast du keine Albaner in deinem Freundeskreis, als hättest du einen Zaun gegen unsere Gesellschaft errichtet."

„Ich habe keine albanischen Freunde, weil es damals keine gleichaltrigen gegeben hat. Mit den jüngeren und älteren habe ich nicht gut zusammengepasst. So konnte ich mir nie einen albanischen Freundeskreis aufbauen. Natürlich fehlt mir das heute."

„Ich verstehe dich voll und ganz. Aber auch du kannst meine Taktik anwenden! Warum denn nicht? Geh in Kosovo mit Papa aus und vielleicht trefft ihr jemanden. Auf diese Weise hast du die Möglichkeit, verschiedene Jungs kennenzulernen. Du wirst dich dabei sicher auch ein wenig amüsieren", meinte Flamur lachend in seinem Bemühen, die Schwester zu beruhigen und das Thema in Humor zu verwandeln.

„Mich amüsieren? Was für eine gute Idee! Ich gehe ja sowieso nie wo hin", erwiderte sie lachend seine humorvolle Aussage.

„Wichtig ist, dass du immer daran denkst, dass du jederzeit meine Unterstützung hast."

„Wenn ich einmal deine Hilfe brauche, dann wirst du dich hoffentlich an dieses Versprechen erinnern, Flamur."

Das klang mehr wie ein an den Bruder gerichtetes Flehen, weil ihr bewusst war, dass sie eines Tages seinen Beistand brauchen wird.

„Das werde ich niemals vergessen", beruhigte er sie.

Nicht nur Hanna litt unter dem von den Eltern ausgeübten Heiratsdruck. Das Gleiche hatte auch Flamur erlebt. Doch bei ihm hatten sie sich nicht so sehr eingemischt, welche Frau er heiraten sollte. Als er eine Beziehung mit einem deutschen Mädchen hatte, hatte das die Eltern nicht besonders gestört, obwohl sie ihre Zustimmung nicht sofort gegeben hatten. Ja, wenn es um die Töchter ging, dann herrschte ein anderer Ton in den albanischen Familien. In den meisten Fällen waren die Eltern gegen eine Beziehung der Töchter mit Ausländern. Um es unmissverständlich auszudrücken: Eine Heirat mit einem Ausländer war inakzeptabel. Das konnte sogar so weit gehen, dass die Tochter aus der Familie ausgestoßen wurde. In Extremfällen wurde auch Gewalt ausgeübt, welche auch tödlich ausgehen konnte.

Hanna versuchte zu schlafen. Doch der Begleiter der Nacht, der Mond, schien auf das Fenster und erleuchtete das Zimmer, als wäre es Tag. In ihrem Geiste erschuf sie alle möglichen Gestalten. In allen sah sie das Antlitz von Chris, den sie schon seit vielen Tagen nicht mehr gesehen hatte. Um ihn herum gestaltete sie ihre Zukunft, ihr Glück und Leben und ihre zu verwirklichenden Wünsche. Für ihn schlug ihr Herz, er raubte ihr die Ruhe.

Der Mond beruhigte ihren Verstand. Mit diesen schönen Gedanken schlief sie ein, um einen neuen Tag zu ermöglichen, ein neues Schicksal, neue Chancen sowie neue Herausforderungen, welche uns manchmal unvorbereitet treffen. Dinge geschehen unabhängig von unseren Wünschen. Das Gesetz der Natur hat es einfach so beschlossen, und wir müssen uns damit abfinden und versuchen, die Herausforderungen zu meistern und die Hindernisse zu überwinden, die sich uns in den Weg stellen. Aber es stellt sich die Frage: Wie kann man das alles bewältigen, ohne jemanden zu verletzen und jemandem Leid zuzufügen? Das ist überhaupt nicht leicht zu bewerkstelligen. Nichtsdestotrotz ist es ein unveräußerliches und von niemandem anfechtbares Recht des Menschen, selbst über sein Schicksal und seine Zukunft zu entscheiden. Dieses individuelle Recht wird gemeinsam mit dem Menschen geboren, obgleich gewisse Völker ein Problem damit haben, es zu respektieren.

VII

Die Tage zogen sich dahin, als wären sie in einem Zeitbogen gefangen gewesen. Neun Stunden Arbeit und seine Gedanken waren die ganze Zeit woanders. Als hätte er ein schönes Lied gehört, dessen Melodie ihm für eine lange Zeit nicht mehr aus dem Kopf ging, so fühlte sich Chris nun mit Hanna. Fast alle zehn Minuten sah er auf sein Handy, ob nicht vielleicht eine Nachricht von ihr gekommen war. Aber wie der Teufel es wollte – kein Zeichen von ihr!

Er hätte sich niemals gedacht, dass es ihm so schwerfallen würde, einer Frau seine Gefühle zu offenbaren. Aber alles rund um seine Gefühle für Hanna war kompliziert. Nicht nur, dass er sich noch nicht sicher war, ob auch Hanna irgendetwas für ihn empfand, sondern auch, wenn es so wäre, war er sich darüber bewusst, dass ihre Familie ein großes Hindernis wäre. Als ob das alles nicht schon genügt hätte, war er auch von der Unterhaltung mit seiner Mutter Olga sehr enttäuscht. Sie war absolut dagegen, dass er eine Beziehung mit Hanna beginnt, die für seine Mutter eine Ausländerin mit einer anderen Kultur und Religion war, sodass sie keinesfalls zu ihm passen würde.

Chris war davon überzeugt, dass er seine Mutter leichter überzeugen könnte, aber er hatte keine Ahnung, wie er die Beziehung mit Hanna beginnen sollte. „Wie soll ich es ihr sagen? Wie soll ich mich ausdrücken, wenn sie mir noch kein einziges Zeichen gegeben hat, dass sie auch nur das geringste Interesse an mir hat? Was bleibt mir dann noch zu tun, wenn sie sich überhaupt nicht für mich interessiert und mich einfach nur als Freund sieht?"

Diese Fragen, die sich Chris selbst stellte, unterbrach Thomas, als hätte er dessen Gedanken gelesen:

„Du musst den ersten Schritt machen, mein Freund."

„Das werde ich tun, aber ich hätte mir niemals gedacht, dass es so schwer für mich sein würde", erwiderte er in einem Tonfall, der sowohl Unsicherheit als auch Unentschlossenheit bewies.

„Dich mit Frauen zu treffen, war nie schwer für dich. Doch jetzt, wo du das sagst, glaube ich dir, dass es dieses Mal was anderes für dich ist."

„Ganz was anderes."

„Ist dir wenigstens klar, dass, falls du etwas mit Hanna anfängst, die Beziehung mit ihr komplizierter sein wird, nicht so einfach und normal wie mit den anderen Freundinnen, die du hattest?"

„Ich weiß. Ich bin bereit, jedes Hindernis zu überwinden, das sich uns in den Weg stellen wird. Ihre Stimme hat sich in meinem Kopf eingeprägt wie eine Melodie, die dich nicht mehr loslässt. So sehr spüre ich sie. Das Problem ist nur, wie ich es ihr mitteilen soll."

„Vielleicht hast du Angst vor der Zurückweisung?", meinte Thomas sarkastisch.

„Vor einer möglichen Zurückweisung habe ich keine Angst, aber vielleicht vor der Liebe, die ich fühle, falls auch sie wirklich so etwas für mich empfindet. Wovor ich mich jedoch noch mehr fürchte, ist die mir bekannte albanische Kultur und Tradition. Auch wenn Hanna mich lieben wollte – glaubst du denn, dass ihre Eltern ihr das erlauben würden?"

„Ohne dich dieser Herausforderung zu stellen, wirst du es niemals herausfinden", erwiderte Thomas, welcher zustimmend nickte, dass so etwas wirklich möglich sein könnte.

Um nicht wieder in die Welt der Fragen ohne Antwort zu versinken, schalteten die beiden Freunde, die als Letzte am Arbeitsplatz geblieben waren, die Lichter aus, gingen hinaus und brachen nach Hause auf. Es war klar, dass Chris nun beschlossen hatte, ein Treffen mit Hanna zu verlangen, um ihr seine Gefühle für sie zu offenbaren.

Chris Müller, achtundzwanzig Jahre alt, war ein Deutscher aus Konstanz, großgewachsen und gutaussehend. Seine Augenfarbe unterschied sich nicht wesentlich von jener Hannas. Er hatte himmelblaue Augen und blonde Haare. Er zeichnete sich durch Charakterstärke und Ernsthaftigkeit aus. Das waren die Eigenschaften, die Hanna an ihm so sehr schätzte. Ein Deutscher und eine Albanerin, so verschieden voneinander – das würden sie alle sagen, die anderen und sogar ihre Familien. Ein großer Berg von Unterschieden, und niemand hatte ihre Gemeinsamkeiten bemerkt: die Bläue der Augen, die ernsthafte Haltung, die Nähe zu anderen, die Entschlossenheit in der Verfolgung von Zielen und die ihre Herzen quälende Liebe füreinander. Und weil sie sich diese Liebe bisher mit keinem einzigen Hinweis erklärt hatten, fühlten sie sich im Ausdruck ihrer Gefühle so unsicher. Es gab noch eine weitere Gemeinsamkeit, die sich auf ihren Familien- und Freundschaftskreis bezog: Beide Kulturen waren sich der Gegensätze bewusst, versuchten aber mit Fanatismus, ihre gegenseitigen Vorurteile vor der offenen Gesellschaft, in der sie lebten, verborgen zu halten.

Die Welt um sie herum war sehr rau, dessen waren sich beide bewusst. Vielleicht war das der unterbewusste Grund für das Verschweigen der Gefühle und das tagelange Ausweichen voreinander. Wie auch immer: Ob sie wirklich vor ihren Gefühlen und voreinander auswichen oder vielleicht vielmehr vor der Welt, die sie umgab, blieb eine offene Frage. Um einander nicht zu verletzen, verzog sich ein jeder von beiden in seinen Winkel und unterdrückte die Gefühle. War das etwa die perfekte Lösung für sie? Würden sie dafür belohnt werden? Würden sie am Ende ihres Lebenswegs Anerkennung dafür bekommen? Das alles stand noch in den Sternen.

VIII

Das Schweigen war nun gebrochen, die Stimme des Gefühls äußerte sich auch an der Oberfläche. Davonlaufen war keine Lösung, es konnte sie nicht vor dem retten, was das Herz fühlte. Die Gefühle zu unterdrücken, war auf lange Sicht unerträglich.

Diesen Morgen war Hanna früher als gewohnt aufgestanden, hatte vielleicht überhaupt nicht geschlafen. Denn sie hatte die ganze Nacht über die SMS nachgedacht, die ihr Chris geschickt hatte, um ihr mitzuteilen, dass er ein Treffen mit ihr bei der Imperia am See wünschte.

Die Verabredung mit Chris machte sie nervös. Das hatte auch damit zu tun, dass sie keine Ahnung hatte, welche Absicht dahintersteckte. Sie war sich nur über ihre eigenen Gefühle im Klaren. Aber wenn er nicht das Gleiche für sie empfand? Bei diesem Gedanken wurde sie sofort rot und schämte sich. Ihre Unsicherheit wurde noch gesteigert durch die Tatsache, dass er sie wieder an einem mit Menschen überfüllten Platz treffen wollte. Sie schüttelte den Kopf von einer Seite auf die andere, bis ihr Verstand wieder ins Hier und jetzt zurückkehrte und zur Frage, was sie anziehen und wie sie sich schminken sollte.

Sie hatte alle Kleider aus dem Schrank genommen und suchte nach etwas, das ihr gut passte, mit dem sie besser aussah und attraktiver wirkte. Sie konnte sich für nichts entscheiden, als ob sie ihn zum ersten Mal treffen würde und einen guten Eindruck auf ihn zu machen versuchte. Dabei dachte sie an den Ausspruch, dass der erste Eindruck sehr wichtig und manchmal entscheidend sei.

Im nächsten Augenblick erkannte sie, dass sie nicht mehr Herr über sich selbst war. „Was tue ich da?", fragte sie sich selbst. „Wir treffen uns ja nicht zum ersten Mal, wir kennen uns seit Jahren! Okay, er lädt mich zum ersten Mal zu einem

Treffen ein. Aber vielleicht geht es um die Arbeit oder um etwas anderes, was weiß ich ...", sprach sie ununterbrochen mit sich selbst. Irgendwann beruhigte sie sich und wandte sich an sich selbst: „Hanna, denk positiv. Denn das, was du denkst, trifft dann auch ein." Dabei hatte sie zwei Finger auf beide Seiten des Kopfes gelegt.

Endlich war die Stunde des Aufbruchs gekommen, weil sie auch mit ihrer Geduld am Ende war und nicht länger warten konnte.

„Wohin gehst du so früh und in solcher Eile, Hanna?", hörte sie plötzlich Besas Stimme.

„Besa, ich muss jetzt gehen, aber ich verspäte mich nicht. Ich komme bald zurück, und dann verbringen wir gemeinsam den Tag."

"Du siehst überhaupt nicht gut aus. Du bist so bleich im Gesicht, als gingest du zu einem Begräbnis. Bitte sag mir, was du hast! Vielleicht kann ich dir irgendwie helfen."

"Mir fehlt nichts. Mir geht es gut", antwortete ihr Hanna lächelnd.

"Ich will aber wissen, wo du so früh hingehst. Dir zittern ja die Hände!"

„Besa, beruhige dich, mir geht es gut, sagte sie nochmal und drückte ihre Hände, um sie davon zu überzeugen, dass alles in Ordnung war. „Aber ich hoffe nur, dass es mir noch gutgeht, wenn ich zurück bin", lächelte sie ihre Schwester an, die sich nun noch mehr Sorgen machte als vorher.

„Du hast heute doch frei, oder? Versuch bitte nicht, mich hinters Licht zu führen. Wenn du zurück bist, werde ich dich über alles ausfragen!"

„Ja, heute habe ich frei. Jetzt gehe ich, um diesem freien Tag vielleicht einen Sinn zu geben. Ich verspreche dir, dass ich mich nicht verspäten werde", antwortete sie mit glänzenden Augen und eilte aus dem Haus.

Hanna ging in die Richtung der Statue Imperia, welche ein bekannter Orientierungspunkt für alle in dieser Stadt am Bodensee war. Es war, wie immer im März, sehr frisch. Der leichte Wind, der wehte, und das Gefühl der Angst, das sie hatte, erweckten in ihr den Eindruck, als ob die Monate oder gar die Jahreszeiten selbst ihren Platz gewechselt hätten. Sie war völlig durcheinander und hatte keine Ahnung, was bei dieser Verabredung rauskommen würde.

Wie lange ihr diesmal die Strecke bis zur Imperia-Statue vorkam! „War es immer so lange gewesen und hatte sie es erst jetzt bemerkt?" Das waren ihre Gedanken. „Es war immer so, ja, ja! Wie sollte es denn auch anders sein." ein kurzes Lächeln erhellte ihr Antlitz. Ab und zu drehte sie den Kopf zurück, um zu schauen, ob Chris schon daherkäme. Aber er war noch nirgends zu sehen. „Warum sollte ich als Erste kommen? Ich war zu ungeduldig", dachte sie. „Ich konnte es kaum erwarten. Welchen Eindruck werde ich wohl auf ihn machen?" Selbst das kleinste, unwichtigste Detail verursachte ihr Kopfzerbrechen, obwohl es ihn vielleicht gar nicht interessieren würde. Ihr Bemühen, perfekt zu erscheinen, war ja sowieso zum Scheitern verurteilt, darüber war sie sich wohl bewusst, denn schließlich war es sie selbst, die immer wieder sagte: „Das Vollkommene existiert im wirklichen Leben nicht. Wir können es uns nur in unserer unsichtbaren Vorstellung erschaffen."

In Windeseile war sie als Erste am vereinbarten Treffpunkt angekommen. Ihr Kopf war voller Fragen, Zweifel und Unsicherheit. Ihre Unsicherheit wurde noch dadurch gesteigert, dass sie das Gefühl hatte, als ob diesmal alles anders wäre als die anderen Male, als sie mit der Familie oder mit Freunden hierhergekommen war.

Nun stand Hanna der Imperia gegenüber. Die eine verharrte wie in Versteinerung, als ob sie sich überhaupt nicht lebendig fühlte, und die andere drehte sich wie gewohnt schweigend langsam um die eigene Achse. Die eine war orientierungslos, als ob sie Hilfe oder Orientierung suchte bei der anderen. Doch die andere, wie aus Absicht, antwortete ihr nicht, sondern sah sie nur schweigend an, ohne auch nur ein einziges Wort zu sagen. Hanna versuchte, in der Mimik der Statue eine Antwort, welcher Art auch immer, zu finden, so sehr hätte sie ihrer bedurft.

Nur eine einzige Bewegung, welcher Art auch immer, hätte für sie in diesem Augenblick eine immense Bedeutung gehabt. Doch Imperia bewegte sich langsam und kehrte ihr dabei jedes Mal den Rücken zu. Daher ließen diese Bewegungen heute in Hanna eine Ahnung hochkommen, hatten eine Bedeutung, waren wie eine Antwort für sie, schienen ihr zu sagen: „Wie auch immer, liebe Hanna, letztendlich bist du diejenige, die entscheiden muss. Alle denken nur an ihre eigenen Angelegenheiten. Es liegt allein an dir!"

In einem bestimmten Moment denken wir, wie ungerecht das Leben zu uns ist, wie es erbarmungslos mit unseren Gefühlen spielt, uns die Angst bis in das Knochenmark steckt, uns zu vernichten sucht und in irgendeinen Abgrund wirft, aus dem es kein Entrinnen mehr gibt. Danach verurteilen und beschuldigen wir das Leben, ohne auch nur einen Augenblick realistisch zu sein. Wir sagen weiterhin, dass das Leben uns Momente bietet, in denen wir selbst wissen müssen, wie wir uns verhalten, wirken und entscheiden sollen. Nicht das Leben ist zu uns ungerecht, sondern wir sind in den meisten Fällen ungerecht zu uns selbst.

Die Imperia drehte sich noch immer um ihre eigene Achse, und Hanna war wieder stehengeblieben und starrte auf sie, wieder verwirrt, als ob sie sie das erste Mal betrachten würde. „Warum kommt mir die Imperia heute so anders vor? Und warum wollte mich Chris genau hier vor der Imperia treffen?", fragte sie sich. Ständig blickte sie auf die Statue, als verlangte sie wieder eine Antwort von ihr. Sie projizierte die Fragen, die ihr dauernd durch den Kopf gingen, auf die Imperia. Aber es war umsonst: Diese konnte ihr keine Antwort geben und drehte langsam ihr Gesicht von ihr weg. Hanna hingegen blieb wie angewurzelt vor ihr stehen, mit all ihren Gedanken nur auf sie fixiert. Die immer gleichen Gedanken belasteten sie, und sie wusste sehr wohl, dass die Imperia nichts anderes als eine Statue war, von der sie nichts erwarten konnte, weder ein Wort noch eine Antwort, noch irgendeine Hilfe. Aber allein das In-Gedanken-um-sie Kreisen war ihr eine Art Hilfe oder, besser gesagt, eine Art

Flucht vor der Realität, der sie nicht gewachsen schien. Ihre konfusen Gedanken auf die Statue zu lenken, minderte ihre Angst, die sie gepackt hatte.

Während sie sich all diese Gedanken machte, hörte Hanna Schritte, die sich ihr leicht näherten. Sie spürte und wusste, wer es war. „Ja, ja, er war es!", dachte sie. Ihr Atem beschleunigte sich und ihr Körper begann, zu beben. Sie fühlte sich verlegen, war aber bereit, ihm gegenüberzutreten, um den Grund für die Verabredung zu erfahren. Sie spürte seine Nähe, seinen Duft, obwohl sie noch nie seinen Atem aus der Nähe wahrgenommen hatte. Gleichzeitig versuchte sie wieder, alles, was sie fühlte, schweigend zu unterdrücken, um weitermachen zu können. Zögernd drehte sie den Kopf nach ihm um. Es war nicht das erste Mal, dass sie sich trafen. Aber diesmal war es anders. Ihre früheren Treffen erfolgten in der Gesellschaft von anderen oder auf dem Weg zur Arbeit. Heute waren es nur sie beide. Sie standen sich allein gegenüber. Das Treffen hatte einen anderen Grund, der Hanna noch unbekannt war. Die wochenlange Distanz zwischen beiden hatte ihre Emotionen und Neugierde rund um dieses Treffen noch gesteigert. Es war klar, dass sie sich über etwas unterhalten mussten, worüber sie bisher noch nie gesprochen hatten. Das war auch der Grund für ihr Gefühl der Angst.

Langsam drehte sie den Kopf, und ihr gegenüber stand Chris. Sie verweilten in dieser Position, als hätten sie ihre Zungen verschluckt, als würden sie sich das erste Mal treffen. Sie glichen nicht mehr zwei engen Freunden, die auf dem gewohnten Weg zur Arbeit Halt machten, um zusammen einen Kaffee zu trinken, die sich stundenlang unterhielten und lautstark über die Witze des anderen lachten. Nun sahen sie völlig anders aus. Ihre Blicke ähnelten zwei Verliebten, die zögerten, ihrer Liebe Ausdruck zu verleihen, auszudrücken, was sie füreinander fühlten, als wäre all das eine Sünde.

Ihre Blicke ließen erkennen, dass es keine Regeln gab, nichts außer den beiden, die einander gegenüberstanden, gleichzeitig erfasst von Liebe und Unsicherheit, ob sie von dem Menschen, den sie liebten, angenommen würden, oder diese Gefühle vielleicht einseitig wären. In diesen Augenblicken drückten ihre Blicke jedes Gefühl aus, und jedes gesprochene Wort wäre sinnlos gewesen, hätte ihre Gefühle nicht besser ausdrücken können als die stumme Sprache ihrer Augen.

Hanna war komplett verwirrt. Beide hatten den Verstand durch ihre gegenseitigen Blicke verloren. Sie spürten, was passieren würde. Ihr Herzschlag beschleunigte sich und ihr Atem wurde schwer von den Emotionen, die sie erfasst hatten. Dieser Zustand war für beide offensichtlich, sodass sie wussten, dass keiner den anderen zurückweisen würde. Ihre Gefühle waren der Beweis dafür, denn sie waren stärker als alles andere zu diesem Zeitpunkt. Chris hatte sie langsam bei der Hand genommen und wandte sich nun leicht zu ihr, als ob sie eine Blume wäre, die soeben erst erblüht war, weil er fürchtete, sie zu verletzen. Er begriff die ganze Empfindsamkeit der Situation, nachdem er Hanna schon seit Jahren kannte. Sie waren ja fast gemeinsam aufgewachsen. Vor allem erkannte er das Gewicht dessen, was er ihr mitteilen würde. Er war sich auch der Konsequenzen bewusst, die daraus erwachsen könnten.

Er hatte es sich lange überlegt. Heute hatte er daher beschlossen, es ihr zu sagen, denn die Gefühle hatten ihn endlich besiegt. Sie waren stärker als sein Verstand. Er war bereit, sich mit allem auseinanderzusetzen. Seine Gefühle unterdrückt zu halten, war er nicht mehr imstande gewesen und hatte für ihn auch keinen Sinn mehr gemacht.

Mit liebkosendem Blick wandte sich Chris an Hanna:

„Entschuldige bitte. Vielleicht hast du lange auf mich warten müssen."

„Nein, nein! Ich habe nicht lange gewartet. Ich bin auch erst vorhin gekommen", erwiderte Hanna mit bebender Stimme, ohne zu lächeln zu vergessen.

Das Lächeln war ihre stärkste Waffe. So fragte sie ihn lächelnd voller Neugier:

„Was fühlst du in diesem Moment? Oder was geht dir jetzt durch den Kopf?"

„Die Verse von Heinrich Heines ,Neuer Frühling' begleiten mich seit Wochen:

„Mit deinen blauen Augen
siehst du mich lieblich an.
Da wird mir so träumend zu Sinne,
dass ich nicht sprechen kann."

Die zweite Strophe des Gedichts sprachen beide zugleich:

„An deine blauen Augen
gedenk' ich allerwärts;
ein Meer von blauen Gedanken
ergießt sich über mein Herz."

Während sie die Liebesverse aufsagten, versprühten ihre Augen herrliche Funken der Liebe. Vor ihnen ergoss sich ein Meer der Gefühle. Hanna versuchte vergeblich, ihre gemischten Gefühle zu verbergen. Alle ringsherum vorbeigehenden Leute schienen zu verschwinden, sie sah nichts und niemanden mehr. Selbst die Natur schien ein strahlendes Aussehen erhalten zu haben, und die Kälte, die sie noch wenige Augenblicke zuvor gespürt hatte, existierte nicht mehr. Sie sah und fühlte mittendurch, es genügte, dass Chris vor ihr war.

Auch Chris war ein wenig überrascht von seinem bewiesenen Mut. Das Treffen hatte seinen eigenen Lauf genommen, nichts ging nach Plan, die Gefühle führten sie jetzt an. Es war Hanna, die ihre Sorge zum Ausdruck brachte. Ohne Worte und ohne Taten erzählten ihre Augen alles, und Chris spürte augenblicklich ihre Unsicherheit, las in ihren Blicken, Bewegungen und Worten. Das war nicht die Hanna, die er kannte. Nichtsdestotrotz war es genau dieses ungewöhnliche Verhalten, das sie noch schöner, noch attraktiver machte. Ihre braunen langen Haare bedeckten ihre Schultern und wollten mit dem leichten Wind fliegen. Vielleicht würde Hanna sich nur so erleichtert fühlen. Ihre blauen Augen strahlten, und ihr Blick begegnete plötzlich jenem von Chris. Die ihnen gegenüberstehende Imperia wurde zur Zeugin ihrer Geschichte, ihrer Blicke und ihres Schweigens, das keiner weiteren Worte mehr bedurfte. Worte hätten nun keinen Sinn mehr gemacht. Ihre Blicke sprachen für sich selbst. Sie erzählten von den bisher ungesagten Gefühlen und Wahrheiten. Das, was die Worte nicht erklären konnten, sagten die Augen. Ja, ja, sogar besser als jedes Wort. Langsam bewegte Chris Hannas Kopf auf seine Brust und begann, ihre Haare zu liebkosen, jene Haare, welche zu berühren er immer geträumt hatte. In der Liebkosung gewahrte er auch die Wärme ihrer Seele. Als sie zum ersten Mal seinen Herzschlag spürte, das Ticktack jenes Herzens, von dem sie niemals zu träumen gewagt hatte, verlor sie sich in Gedanken. Ihre Körper lösten sich voneinander, aber Chris ließ ihre Hände nicht los. Ungewollt strömten Hanna die Tränen über die Wangen. Für einen Moment unterwarf sich das starke und kämpferische Mädchen ihren Gefühlen. Waren es Tränen der Freude oder Trauer? Oder Tränen der gemischten Gefühle? Wer konnte das schon wissen! Chris jedoch kannte den Grund dieser Tränen und wischte sie ihr langsam von den Augen, während er ihr sagte:

„Einer Sache sollst du dir sicher sein: Ich werde niemals etwas tun, das diese schönen Augen zum Weinen bringt. Vertrau mir! Da zerstöre ich lieber die ganze Welt, bevor ich dich verletze!"

Hanna war nun völlig verwirrt. Sie wusste nicht mehr, was sie sagen sollte. Sie war sich nicht einmal mehr sicher, ob dieser Augenblick Wirklichkeit oder Traum war. Ihre Wangen waren errötet. Alles, was sie umringte, schien sie wie ein Nebelschleier bedeckt zu haben. Am liebsten wäre sie sofort davongelaufen, nicht weil sie von Chris' Worten verletzt gewesen wäre, sondern weil genau das geschah, wovor sie sich stets so gefürchtet hatte, nämlich dass der Fluss aus seinem Bett treten würde.

„Vielleicht wirst du mich niemals verletzen, aber ich werde die anderen verletzen und meine Augen werden wieder Tränen vergießen. Wir haben Zeit, uns über all das zu unterhalten. Bisher haben wir noch kein Wort darüber verloren", erwiderte sie, sich ein wenig schämend wegen der unerwarteten Intimität.

„Ja, wir werden auf alle Fälle darüber reden. Deswegen bin ich ja hier. Ich hoffe, du hast nun den Grund für unser Treffen erkannt."

Beide unterhielten sich in reifer Art, um keinen Raum für Missverständnisse zu lassen. Vor allem Chris ließ besondere Vorsicht walten, weil er sich über die Lage, in der sich Hanna befand, im Klaren war. Außerdem hatte er auch die Zukunft vor Augen, das, was sie erwartete, wenn sie eine Beziehung beginnen würden.

Hanna fragte ihn wie ungewollt, warum er genau diesen mit Menschen überfüllten Platz für das Treffen ausgesucht hatte.

„Nein, ich habe diesen Platz ganz zufällig ausgesucht, ohne an deine Antwort oder das, was wir hier besprechen würden, zu denken. Aber hier sind wir nicht allein, hier haben wir Zeugen. Auch wenn uns von den Leuten hier niemand zuhört, zweifellos wird uns Imperia stets an das hier von uns beiden Besprochene erinnern. Das wird sicher der Ort sein, den wir immer besuchen werden. Hier werden wir den Jahrestag unseres ersten Rendezvous feiern."

„Du hast Recht. Die Unterhaltung dieses Tages wird für immer in unserem Gedächtnis bleiben. Obwohl wir uns schon so lange kennen, hätte ich so etwas – wie soll ich es sagen – niemals erwartet."

„Worauf hätten wir noch warten sollen? Es sind die Gefühle, die uns lenken, und manchmal tauchen sie unerwartet auf."

Chris' Augen glänzten vor Liebe. Die Bläue seiner Augen überstrahlte alles. Diese Bläue war zu einem Spiegel für Hanna geworden, der ihr keinen Widerspruch erlaubte. Er schien, auch ihre Angst besiegt zu haben. Sie fühlte sich anders. Jetzt hatte sie jemanden, der sie beschützte, der sie in seinen Armen hielt.

„Ich habe beschlossen, heute alles über meine Gefühle zu sagen", setzte Chris fort. „Es gibt meiner Meinung nach keinen Grund mehr, um das, was ich fühle, für mich zu behalten. Das hätte keinen Sinn. Ich möchte meinen Gefühlen Leben verleihen. Natürlich immer nur dann, wenn du das auch wünschst."

Seine Augen blickten direkt in ihre. Er war neugierig auf die Antwort, die er bekommen würde. Oder war es die Furcht vor der Zurückweisung, die ihn in Spannung hielt?

„Für den Moment wäre wohl Schweigen meine beste Antwort", entgegnete Hanna, das Gesicht mit beiden Händen bedeckt haltend, weil sie selbst nicht glauben wollte, welche Antwort sie ihm soeben gegeben hatte.

„Ich verstehe nicht, warum du schweigen musst. Weil du nicht das Gleiche für mich fühlst? Komm, sag es mir frei heraus. Ich möchte dich verstehen. Du brauchst nicht gegen deinen Wunsch zu handeln. Es versteht sich von selbst, dass wir trotzdem Freunde bleiben, Hanna. Wie auch immer: Schon von Morgen an werden wir wieder zusammen unseren Morgenkaffee bei Herrn Müller trinken."

„Es geht nicht darum, Chris. Die Gefühle, die du für mich hast, scheine auch ich für dich zu haben. Doch das, was mir Angst bereitet, ist der Unterschied zwischen uns."

„Unterschied, sagst du?", fragte er sie und fügte hinzu: „Bist es nicht du gewesen, die immer gesagt hat, dass das, was uns alle ausmacht und gleich macht, das menschliche Gefühl oder besser gesagt die Liebe sei? Welchen Unterschied siehst du nun zwischen uns? Sind wir denn nicht gleich verliebt und von unseren Gefühlen geleitet? Was brauchen wir mehr?"

Hanna war erschrocken, befand sich auf der Wegkreuzung ihres Lebens. Es gab nur eine Lösung: Entweder sie ließ den Verstand oder das Herz entscheiden! Diese beiden waren in ununterbrochenem Krieg miteinander. An wen sollte sie zuerst denken – die Familie oder ihre Gefühle? Die Familie wog mehr für sie, sogar mehr als ihre eigenen Gefühle. Aber das konnte sie Chris nicht sagen, nicht jetzt, weil er das nicht verstehen würde. Daher wollte sie eine andere Begründung finden, welche sie vor ihren Gefühlen retten sollte. Aber sie erkannte, dass es dieses Mal umsonst wäre. Es trat nun ein, wovor sie immer solche Angst hatte, das, was für sie verboten war, was niemals passieren durfte.

Sie gingen auseinander mit dem Versprechen, die nicht zu Ende gebrachte Unterhaltung ein anderes Mal fortzusetzen, wenn Hanna sich wieder beruhigt und gefangen hatte. Sie ging, ohne stehenzubleiben, wollte weiter am Ufer des Sees entlang gehen bis zu ihrem Lieblingsort, dorthin, wo sie stets die Ruhe und den Trost ihrer Seele fand, wo sie mit den Wassern des Bodensees sprach, ihnen alles erzählte, was geschehen war. Aber heute war es völlig anders, nicht so, wie die anderen Male. Es war, als hätte sie die Orientierung verloren, als wüsste sie nicht, wo sie hingehen sollte. Sie hörte ständig Chris' Stimme, wie sie ihr sagte: „Hanna, du gefällst mir sehr." So etwas hatte sie nicht erwartet, zumindest nicht heute. So etwas hatte sie noch nie bei ihm bemerkt, zumindest nicht in diesem Ausmaß. Tagelang hatte sie gedacht, dass nur sie einseitige Gefühle und er vielleicht einen Grund gefunden hätte, sich von ihr zu entfernen. Seit einiger Zeit erregte sie im Innern ein Gefühl, ein für sie unbekanntes Gefühl, ein Gefühl, das ihr den Verstand benebelte und Schmetterlinge im Bauch bescherte, ein Gefühl, das sie noch nie zuvor erlebt hatte.

Hanna ging, ohne stehenzubleiben, hatte keine Ahnung, wohin. Ihre Handtasche hielt sie ganz fest, als wollte man sie ihr stehlen, nicht einen Augenblick würde sie sie loslassen. Heute kam ihr auch Konstanz unbekannt vor, sie kannte die Straßen nicht mehr. Als wäre ein Schatten auf ihre Augen gefallen und hätte ihr die Sicht bedeckt. Es waren nur immer wieder sein Gesichtsausdruck, seine Augen mit dem mitfühlenden Blick, mit der Bitte, sie nicht zu verletzen, woran sie immer wieder denken musste. Seine Stimme klang unentwegt in ihren Ohren.

Die Gefühle, welche die beiden füreinander hegten, waren ihnen noch unbekannt. Es war schwer für sie, damit fertigzuwerden. Chris' Worte hatten auch Hannas schweigende Gefühle ans Tageslicht gebracht, Gefühle, welche sie schon eine lange Zeit in der Seele getragen hatte, sind nun ins Bewusstsein gelanget, dass nichts mehr so sein würde, wie es vorher gewesen war. Sie rezitierte wieder Heines Verse, in die blaue Tiefe des Geliebten Augen versunken ...

Jetzt war sie an einem anderen Platz des Sees angelangt. Erschöpft fiel sie auf die Knie und schrie mit aller Kraft, die sie hatte: „Neiiiiin! Neiiiin! Neiiiin!" Endlich hörte auch der Himmel von Konstanz ihr Nein, verschluckten es die Wellen des Bodensees, flossen ihre Tränen wie die Wasserfälle des Rheins.

Warum war es denn für sie so schwer, zu lieben, der Liebe Ausdruck zu verleihen, sich geliebt zu fühlen? Die Liebe war ihr nicht verboten, nein, aber so würde sie ihr Wort brechen, das sie ihrem Vater und ihrer Familie gegeben hatte, nämlich keinen Fremden zu heiraten.

„Was soll ich bloß machen? Warum, oh Gott, prüfst du mich auf diese Weise? Warum muss ich so ein Gefühl erleben? Warum gerade ich, wo ich doch meinem Vater mein Wort gegeben habe? Daher weißt du ganz genau, dass ich keinen Deutschen lieben kann und darf, dass sie es mir niemals erlauben werden!", haderte sie sogar mit dem Schöpfer der Welt.

„Oder hat er sich nur lustig über mich gemacht, wollte mich provozieren und ich habe es missverstanden? Ach, wenn es doch nur so wäre! Ich wäre die Glücklichste auf der Welt, wenn das alles nur ein Spaß oder eine Provokation und nur ja nicht Wirklichkeit wäre", sprach sie mit sich selbst.

Nachdem Hanna ihre bisher schweigenden Gefühle anerkannt hatte, wäre sie auch über die Einseitigkeit dieser Gefühle glücklich gewesen, um die Liebe nicht verwirklichen zu können. Denn wenn zwei Personen das Gleiche füreinander empfinden, dann ist es schwer, dem zu widerstehen, vor allem für eine Frau. Nicht weil die Frauen schwächer sind, sondern weil sie sensibler sind.

Das war nicht ihre einzige Sorge, als sie dachte: „Wie soll ich Chris jetzt in die Augen sehen?" Wie sollte sie gegen ihre Gefühle handeln? Ein ganzer Wasserfall an Fragen stürzte auf sie ein, aber weit und breit keine Antwort darauf.

„Ich werde das überstehen, ich werde meine Gefühle unterdrücken, ich werde die passenden Worte finden, es ihm zu sagen, ohne ihn zu verletzen. Ich werde nicht zulassen, dass meine Gefühle sich offen darbieten. Das darf nicht geschehen, das kann ich meiner Familie nicht antun. Ich werde ihnen keine Schande bereiten, nein, das werde ich nicht", wiederholte sie die letzten Worte, während sie weit über den See blickte, als würde sie ihn fragen und auf eine Antwort von ihm warten. „Ist es denn eine Schande zu lieben? Seit wann ist das Gefühl der Liebe etwas Schändliches?"

Die Tränen und das ironische Lächeln vereinigten sich. Sie verstand nichts mehr, fast alles war außer Kontrolle geraten. Es war besser, sie überließ es der Zeit. Sie hatte Angst, etwas zu unternehmen. Leider bekam sie keine passende Antwort. Aber einer Sache war sie sich sicher: Ihre Gefühle waren genauso stark wie jene von Chris!

Ausschnitt aus Hannas Tagebuch:

Ich ging als Erste zu unserem Treffpunkt. Ich war sehr aufgelöst. Ich wusste nicht, ob ich mich freuen oder sorgen sollte. Einerseits fühlte ich mich glücklich und konnte kaum erwarten, ihn wiederzusehen, andererseits hatte ich Angst und wollte von dort verschwinden. Ich bat die Imperia, mich aufzuheben und in der einen Hand zu halten anstelle jenes Menschen, den sie sonst hielt, damit ich so vielleicht der Verabredung entgehen konnte. Aber schließlich begriff und beschloss ich, dass nun die Zeit gekommen war, ihm gegenüberzutreten und vor allem mich meinen Gefühlen zu stellen!

IX

Nach sieben Tagen Tortur mit Fragen ohne Antwort, mit schönen und beängstigenden Gedanken rund um Gott und die Welt, um das schöne mit Überraschungen bespickte Rendezvous, war Hanna wieder zu ihrer Arbeitsroutine zurückgekehrt. Die Bibliothek hatte ihr sehr gefehlt. In den Bücherregalen suchte sie auch nach Büchern über die menschliche Psyche. Ob sie auch das Passende finden würde, war noch unsicher. Ihr verändertes Verhalten war ihrer Freundin und Arbeitskollegin Sara zweifellos aufgefallen, welche mit Hanna zusammenarbeitete. Ungeduldig wartete sie darauf, von Hanna die letzten Neuigkeiten zu erfahren.

„Wie bist du denn tagelang untergetaucht? Ich konnte dich nicht einmal telefonisch erreichen!"

„Ich brauchte Zeit für mich selbst. Aber manchmal reicht es nicht aus, wenn man sogar die ganze Zeit der Welt zur Verfügung hat."

„Oh! Ich hoffe, dass wenigstens du diesmal genug Zeit gehabt hast", meinte Sara voller Neugier.

„Wir haben uns getroffen, Sara."

„Ihr habt euch getroffen? Mit wem hast du dich getroffen?", fragte sie erstaunt.

„Mit Chris."

„Und dann?"

„Wir haben beschlossen, es miteinander zu probieren, zu schauen, ob unsere Beziehung funktioniert. Wir haben uns wenigstens eine Chance gegeben. Aber ich fühle mich überhaupt nicht wohl dabei, ich bin nicht ruhig, als hätte ich einen Strick um den Hals, so fühle ich mich aktuell", antwortete Hanna.

„Oh, das hast du gut gemacht! Ich hatte schon befürchtet, du würdest ihn zurückweisen. Mit der Zeit wird auch dein Gefühl der Unsicherheit vergehen. Das hat mit deiner inneren Angst zu tun", versuchte Sara mit ihrer Antwort zu beruhigen. „Manchmal ist die Zeit wirklich die beste Medizin für alles. Aber manchmal kann sie auch ein zerstörerischer Sturm sein. Die Neugierde bleibt bestehen, weil alles zu seiner Zeit und im passenden Augenblick geschieht. Dabei spielt es keine Rolle, ob wir selbst oder unsere Taten diese Momente bestimmen. Manchmal werden sie uns auch von anderen serviert."

„Mit dem Verstand habe ich ihn zurückgewiesen, vor Schmerz geschrien, aber mit dem Herzen konnte ich ihn nur annehmen. Die Gefühle haben mich besiegt, Sara. Was soll ich nun tun? Ich habe keine Ahnung."

„Lebe den Augenblick, Hanna! Liebe und sei glücklich! Gewisse Dinge müssen wir der Zeit überlassen, sie einfach geschehen lassen."

„Aber ich habe so große Angst, dass du es dir gar nicht vorstellen kannst."

Als sie daran dachte, was passieren konnte, füllten sich ihre Augen mit Tränen und die Worte blieben ihr im Hals stecken.

„Hab keine Angst. Diese Themen haben wir oft besprochen. Ich weiß sehr gut, was deine Gemeinschaft über andere Kulturen denkt. Aber du kennst mich ja, kennst auch mein Leben. Eigentlich gibt es keine großen Unterschiede zwischen uns. Auch wir sind Menschen so wie ihr. Wir lieben, verletzen uns, freuen uns. Doch glaube mir, wir wissen auch zu leiden, sogar mehr. Manchmal ist es auch für mich nicht leicht, mit all den Blicken und Vorurteilen, denen ich aufgrund meiner Hautfarbe ausgesetzt bin, obwohl mein Vater ein Deutscher ist", entgegnete Sara, wobei sie versuchte, ihre Freundin zu beruhigen und in ihren getroffenen Entscheidungen zu ermutigen.

„Ach, wenn doch nur alle so denken würden wie du, Sara! Aber leider gibt es Unterschiedlichkeit in der Welt und der Menschheit. Wenn man diese Unterschiedlichkeit vor Augen hat, ändert sich auch die Wirklichkeit, und dann werden auch die Dinge für uns kompliziert. Das eine folgt auf das andere. Ich hoffe nur, meine Geschichte landet nicht auch einmal im Archiv wie diese verstaubten Schriften."

Hanna begann, den Staub von den Büchern zu entfernen, indem sie über sie drüber blies. Der Staub flog herum und drang erbarmungslos in ihre Augen ein. Sie lachten beide und gingen wieder an ihre Arbeit.

Das Läuten der Kirchenglocken in den frühen Morgenstunden war ein tägliches Ritual für alle Stadtbewohner. Einige nahmen es bewusst wahr, andere wiederum ignorierten es, aber niemand beklagte sich über diesen Lärm. Das Dröhnen war unter eines jeden Haut gedrungen, ohne Unterschied der Religion oder Konfession. So wie das Läuten der Kirchenglocken war auch der Straßenlärm zu einem täglichen Ritual geworden. Am meisten beneidete Hanna die Radfahrer, welche sich weder von den langen Autokolonnen noch von der Menschenansammlung beeindrucken ließen.

Ein anderes Ritual, jenes des Wartens beim Eck in der Nähe des Cafés von Herrn Meier, setzte sich ausnahmslos für Chris und Hanna fort. Jedes Mal, wenn sie sich dort trafen, fühlten sie eine besondere Freude. Den Faden der Zeit entflechtend, unterhielten sie sich auch oft über die früheren Treffen und deren Beginn, wobei sie sich vor Lachen nicht halten konnten. Noch fühlten sie sich nicht frei, um Hände haltend zusammen zu sein und ihre Liebe in der Öffentlichkeit zum Ausdruck zu bringen. Hanna war ängstlich und Chris hatte sich inzwischen an diese Tatsache gewöhnt.

Einander an dem runden Tisch gegenübersitzend, in eben diesem kleinen Café, genossen sie den ersten Kaffee am Morgen. Sie führten lange Gespräche, die sie aus Zeitmangel nie zu Ende bringen konnten.

„Dein Lächeln begleitet mich den ganzen Tag, Hanna, es verschönert mir den Tag", wiederholte ihr Chris einige Male. Hanna war es jedoch noch nicht gewohnt, solche Komplimente zu erhalten, daher errötete sie bei Chris' Worten. Sie schämte sich noch vor ihm, und es war genau dieses Aussehen, das sie für Chris noch attraktiver machte. Sie blickte ihn an und antwortete ihm mit den Augen, die vor Glück strahlten.

„Wenn es wirklich so ist, dann freut es mich sehr, dass ich dir Schönheit schenke."

„Was ich sage, ist die Wahrheit, Hanna, und nichts als die Wahrheit. Manchmal erwecken deine Worte den Eindruck bei mir, als würdest du nicht glauben, was ich dir sage. Aber wisse, das sind Worte, die mir aus meiner tiefsten Seele kommen. Daher nehme ich mir auch kein Blatt vor den Mund."

„Oh, ich glaube dir voll und ganz! Es tut mir leid, Chris, wenn meine Reaktionen dich dazu bringen, so zu denken. Aber glaube mir, dass es auch für mich sehr schwer ist, vielleicht schwerer, als du denkst. Ich habe so viel über das Leben der Europäer gehört, dass es mir unmöglich ist, mich zu erklären. Das, was ich zurzeit erlebe, ist so, als würde ich in zwei verschiedenen Welten leben, die aufeinanderprallen."

Als Hanna vom Leben der Europäer sprach, war es klar, dass sie es nicht wagte, vom Leben der Deutschen oder anderer Nationalitäten zu sprechen, die im Allgemeinen als Ausländer bezeichnet wurden, weil sie sich des Gewichts der Worte bewusst war.

„Was versuchst du mir mit dem ‚Leben der Europäer' zu sagen, Hanna?", fragte sie Chris und begann dabei zu lächeln.

„Na ja, ich weiß nicht, wie ich es ausdrücken soll", erwiderte sie wie auf frischer Tat ertappt.

„Willst du damit etwa sagen, dass wir nicht zu lieben wissen?"

„Nein, nein! Ich habe es nicht genau so gemeint, nicht in diesem wörtlichen Sinn. Aber unsere Eltern und auch andere ältere Verwandte haben uns immer wieder gesagt, dass die Europäer nicht mit einer einzigen Frau verheiratet bleiben", erklärte sie und sah ihm dabei in die Augen, um sich seiner Reaktion zu vergewissern.

„Ich verstehe es noch immer nicht. Bitte klär mich mit anderen Worten auf", sagte er neugierig und spitzte die Ohren, um ihre Ausführungen über die europäische Kultur nachzuvollziehen zu können.

„Ich mache es kurz. Gemäß eurer Kultur bleibt ihr angeblich nur ein paar Jahre oder gar nur Monate verheiratet oder in Lebensgemeinschaft und trennt euch dann mit der Begründung, dass die Beziehung am Ende sei. Ich persönlich denke übrigens nicht so über euch. Aber ich weiß nicht, es war mir ein Bedürfnis, es offen und ehrlich auszusprechen. Ich hoffe, dass du mich nicht missverstehst."

„Hanna, mach dir keine Sorgen, ich verstehe dich vollkommen, ich verstehe deinen Zweifel. Ich möchte nur eines wiederholen, nämlich, dass auch wir zu lieben verstehen so wie ihr. Auch wir sind traurig, auch wir freuen uns, auch wir leiden. Meine Mutter war nur mit meinem Vater verheiratet und hat seit dessen Tod keinen anderen Mann mehr getroffen. Doch bei uns gibt es auch das: Wenn wir sehen, dass die Ehe nicht mehr funktioniert und einer der Partner nicht mehr glücklich ist, dann steht der eine dem anderen nicht im Weg, um über das eigene Leben zu entscheiden. Danach leiden wir unter der Trennung oder Scheidung, wir leiden sogar sehr darunter. Nehmen wir also uns beide her: Was unterscheidet uns denn voneinander, wenn wir den menschlichen Aspekt hernehmen? Sag es mir: Siehst du irgendeinen Unterschied?"

„Nein, überhaupt nicht. Nimm bitte meine Worte nicht als Vorurteil. Es unterscheidet uns nichts", antwortete sie.

"Siehst du? In menschlicher Hinsicht sind wir gleich. Diese menschlichen Gefühle herrschen bei uns allen vor."

„Ich weiß. Ich habe das nicht mit böser Absicht gesagt. Verzeih mir, falls dich meine Worte verletzt haben sollten", bemühte sich Hanna zu erklären.

„Mach dir keine Sorgen, deine Worte haben mich nicht verletzt. Ich möchte nur, dass du weißt, dass meine Worte wahr sind, oder besser gesagt, dass meine Gefühle für dich wahr sind und sie sich niemals ändern werden. Wenn das deine Sorge ist, dann sorge dich bitte nicht mehr", sagte er ihr mit einem Lächeln und drückte ständig ihre Hand. „Niemals werde ich deine Hand loslassen. Wir werden immer füreinander da sein."

„Du weißt aber schon, dass unser Weg schwierig sein wird, oder?", fragte sie ihn, als wollte sie sich vergewissern, ob er darüber im Bilde war.

„Ja, ich weiß. Aber für mich ist es wichtiger, dass du unsere Liebe nicht aufgibst. Diesen Weg werden wir gemeinsam beschreiten, gemeinsam werden wir die Schwierigkeiten meistern, gemeinsam werden wir den anderen unsere Gefühle zeigen, gemeinsam werden wir unseren Weg des Glücks bauen, umgeben von den Menschen, die wir lieben, versteht sich. Wir werden eines Tages jene Großfamilie gründen, wie es der Wunsch und die Sitte deiner Familie ist."

„Ach, wie sehr wünsche ich mir, dass diese Worte Wirklichkeit werden, dass wir unser Glück aufbauen, ohne unsere Liebsten zu verletzen", meinte Hanna, während ihre Augen vom Gefühl der Hoffnung und vom Wunsch nach einer solchen Realität leuchteten.

Angst, Zweifel, Unsicherheit, gemischte Gefühle – aber über eines war sie sich im Klaren, und das war die Liebe, die Liebe, die sie füreinander empfanden. Die zusammen gesponnenen Träume begannen, ein erstes Fundament des Glückes zu errichten. Einander in die Augen blickend, standen sie vom Tisch auf, um voll motiviert zur Arbeit aufzubrechen, die auf sie wartete.

Ausschnitt aus Hannas Tagebuch:

Erstaunlicherweise konnte ich den Morgen kaum erwarten, um wieder zur Arbeit zu gehen. Es ist eine Schande, so zu denken, denn ich hatte gar keine große Lust auf die Arbeit, vielmehr wollte ich Chris wiedersehen. Wie sehr beglückte mich sein Warten auf mich am Eck des Cafés! Ich habe Cafés nie gemocht, doch jetzt schmeckt mir der Kaffee so sehr, wenn ich ihn mit ihm trinke. Wie sehr wünsche ich mir, ihm mein Herz auszuschütten und meine Gefühle zu offenbaren, ihn für einen Augenblick zu umarmen, meinen Kopf an seine Brust zu legen … Danach weiß ich nicht, warum ich mich so sehr dafür schäme. Dieses Gefühl der Scham halbiert mir das Glück. Aber ich kann nichts dagegen machen, das scheint meine Natur zu sein. Wie süß er mit mir spricht! Ich fühle seine Worte in der Seele. Daher ist es vielleicht doch nicht wahr, wie man sagt, dass die Deutschen nicht zu lieben wüssten, nur mit ei-

nem scherzten, eine gewisse Zeit miteinander verbringen würden und sich dann wieder trennten. Und was weiß ich, was man sonst noch alles über sie sagt. Manchmal weiß ich schon gar nicht mehr, was ich denken und glauben soll.

Wegen meiner ständig geäußerten Zweifel komme ich mir auch unhöflich gegenüber ihm vor. Nichtsdestotrotz zeigt er Verständnis für mich. Er bringt mich zum Lachen über ihn, wenn er erzählt, dass er begonnen habe, die Mentalität und die Welt der Albaner zu studieren. Er möchte sogar Albanisch lernen. Manchmal wünsche ich mir, er möge sich anders verhalten, sodass ich die Liebe, die ich für ihn empfinde, leichter rückgängig machen und entfernen kann. Doch mit seinem Benehmen und Bemühen bringt er mich bloß dazu, ihn noch mehr zu lieben. Es ist unvorstellbar, wie leicht sich der Mensch in die Falle der Liebe locken lässt. Gedankenverloren geht er dort in der Nähe vorbei, ohne sie zu bemerken, bis er in sie reinfällt und nie mehr raus kann oder will.

XI

Es war ihm nie zuvor passiert, dass er sich nicht in der Arbeit konzentrieren konnte. Der eingeschaltete Computer stand vor ihm, aber seine Gedanken waren ganz woanders. Wie nie zuvor sprach er mit sich selbst, versuchte all das zu verstehen, was um ihn und Hanna herum geschah, versuchte, die Welt der Albaner zu begreifen. Erstaunlicherweise gelang es Chris, alles zu begründen, sodass alles für ihn normal und sinnvoll war. In so einer Lage, mit so einer Geschichte, wie sie die Albaner haben, würde die eigene Nationalität betreffen.

Aus seinen Gedanken gerissen wurde er von Thomas, der ins Büro trat, um ihn etwas über die Arbeit zu fragen. Dieser bemerkte sofort, dass Chris mit seinen Gedanken woanders war.

„Du scheinst in tiefe Gedanken versunken zu sein, Chris", sagte ihm Thomas.

„So sehr fällt das auf?", antwortete Chris lächelnd.

„Ja, es fällt auf, fällt sogar sehr auf. Aber wir hoffen alle das Beste", erwiderte Thomas, weil sie schon oft über dieses Thema gesprochen hatten.

„Ja, hoffentlich. Wir werden das Unmögliche tun, damit alles gutgeht."

„Du hast an Hanna gedacht, oder?", fragte er neugierig seinen Freund.

„Ja, genau, an sie."

„Chris, glaub bitte nicht, dass ich mich in deine persönlichen Angelegenheiten einmischen möchte. Aber bist du dir deiner Gefühle für sie wirklich sicher? Denn – falls ich dich richtig verstanden habe – ihr habt einen richtig schweren Weg vor euch."

„Ja, mein Freund, ich bin mir so sicher wie nie zuvor. In ihrer Gegenwart fühle ich mich anders, fühle ich mich, als wäre ich eine ganz andere Person. Ihr Verhalten verzaubert mich, ihr Blick, ihre Art zu sprechen. Mich verzaubern sogar ihre Zweifel und Fragen hinsichtlich unserer Unterschiede in Mentalität und Kultur. Ich kann nur das, wie ich mich fühle, nicht mit Worten beschreiben. Kurz gesagt: Ich fühle mich sehr glücklich", erklärte er mit vor Glück leuchtenden Augen.

„Jetzt hast du mich noch neugieriger gemacht. So warst du in keiner deiner früheren Beziehungen. Angesichts der Tatsache, dass Hanna nicht die erste Frau in deinem Leben ist, frage ich dich, was so besonders an ihr ist, im Unterschied zu den anderen? Wir haben uns oft über Hanna unterhalten, ihre Kultur und alles andere. Aber glaub mir, ich habe gedacht, dass auch diese Beziehung für dich nicht von Dauer sein würde."

Über diese von seiner Neugier getriebene Frage hatte Thomas völlig vergessen, warum er zu Chris ins Büro gekommen war. Sie waren ganz und gar in ihre Unterhaltung versunken.

„Bring mich bitte nicht zum Lachen, Thomas, mit deinen Zweifeln, die du über mich gehabt hast. Jetzt kommst du mir schon wie Hanna vor", meinte Chris, wobei er laut lachen musste. „Ihr Aussehen möchte ich gar nicht kommentieren, es spricht für sich selbst. Aber was sie zu einer besonderen Frau macht, ist ihr Benehmen, die Art, wie sie spricht, wie sie in einem Gespräch reagiert. Selbst dann, wenn ihr irgendetwas nicht passt, reagiert sie erstaunlicherweise mit Gelassenheit und verursacht keine Probleme, versucht, unsere Welt, unsere Kultur zu verstehen. Ich habe bisher in meinem Leben keine solche Frau getroffen. Sogar wenn ihre Wangen vor Schamgefühl erröten, bringt sie mich nur dazu, sie noch mehr zu lieben. Sie ist zu meinem Glück eine ganz besondere Frau", beschrieb er sie und die Liebe, die er für sie fühlte, in schönen Worten. „Oft denke ich mir, dass nicht nur Hanna ein solches Benehmen an den Tag legt, sondern auch fast alle albanischen Frauen. Das stammt sicher von einer Tradition, die sie stets hoch halten."

Thomas hörte ihm aus der Nähe enthusiastisch zu, sodass er anfing, seinen Freund für die Liebe, welche dieser gefunden hatte, zu beneiden.

„Wir sind schon seit unserer Kindheit Freunde, aber ich habe dich noch nie so gesehen, mit solchen vor Liebe strahlenden Augen. Wenn du einmal meine Hilfe brauchst, hier bin ich, mein Freund. Als ich dich so sprechen hörte, kam mir wirklich der Gedanke, auch ein albanisches Mädchen zu suchen, so verzaubernd und überzeugend klangen deine Worte."

„Warte, bis ich einmal meine Angelegenheiten in Ordnung gebracht habe. Dann können wir uns auch um dich kümmern. Und vielen Dank für deine Hilfsbereitschaft", entgegnete Chris voller Dankbarkeit.

„Nichts zu danken, Chris. Jetzt haben wir auch Mittagspause. Was suchst du noch hier? Hast du schon vergessen, dass Frauen Überraschungen lieben?"

„Ich bin schon weg, Thomas!"

Mit raschen Schritten eilte er aus dem Büro, um Hanna auf ihrer Arbeit zu besuchen. Er konnte es kaum erwarten, sie wiederzusehen. Ihm war es, als hätte er sie schon lange nicht mehr zu Gesicht bekommen. Unterwegs machte er beim Blumengeschäft halt und kaufte eine rote Rose. In der Bibliothek waren nur Hanna und Sara. Als Chris beim Eingang hereinkam, sah ihn Sara und gab ihm ein Zeichen, in welchem Teil der Bibliothek Hanna sich befand. Daraufhin entfernte sie sich, damit beide ungestört waren.

Hanna war in der Abteilung, wo sich die Liebesromane befanden, und suchte gerade ein bestimmtes Buch. Chris schlich sich ihr von hinten an und hielt ihr die rote Rose vors Gesicht. Hanna, davon überrascht, atmete tief ein. Rasch wandte sie den Kopf, um zu sehen, wer es war. Dann rief sie:

„Chris, du bist es! Das habe ich nicht erwartet!"

Vor Glück, das sie in jenem Augenblick empfand, beherrschte sie sich nicht und warf sich ihm an den Hals. Sie waren sich niemals zuvor körperlich so nahe gewesen. Chris strich ihr langsam mit den Fingern einen Teil ihrer Haare aus dem Gesicht, und ganz unbemerkt vereinigten sich ihre Lippen zu ihrem ersten Kuss. Zum ersten Mal schmeckten sie das Aroma der Lippen des anderen. Nach und nach löste sich Hanna verängstigt aus der Umarmung und errötete in einem Gefühl der Schuld. Chris hingegen fühlte sich glücklich und liebkoste noch lächelnd ihr Antlitz und ihre Haare.

„Hab keine Angst, es ist ohne Absicht geschehen, Hanna. Verzeih mir", sprach er und lächelte.

Hanna aber stand wie erstarrt da und schaute nur, ohne ein Wort herauszubringen.

„Vielleicht ist es besser, wenn ich mich ein wenig zurückziehe, bis du dich wieder ein wenig gefangen hast, Hanna."

Vorm Weggehen drückte er ihr noch schnell einen Kuss auf die Wange.

„Oh Gott, er hat mich geküsst", flüsterte Hanna mit sich selbst und berührte mit den Fingern ihre Lippen und die Wange. „Er hat mich geküsst. Aber wie ist das passiert?"

In diesem Moment kam Sara herein. Aufgrund Hannas Gesichtsausdruck und und Bewegung verstand Sara sofort, was geschehen war.

„Beschäftige dich nicht mit dem Kummer der anderen, Hanna. Genieße den Augenblick", ermunterte sie sie und entfernte sich mit einem Lächeln auf dem Gesicht in den anderen Teil der Bibliothek.

Manchmal scheinen es nur einfache Augenblicke zu sein, aber in diesen einfachen Momenten geschehen für unser Leben so wichtige Ereignisse, dass sie für den Rest des Lebens in unserer Erinnerung bleiben und zu einem Teil unseres Lebens werden. Der eine mag ihre Wichtigkeit verstehen, der andere nicht. Diese Augenblicke drangen tief in Hannas Denken ein. Manchmal versuchte sie, sie zu genießen, manchmal hatte sie auch Angst vor dem Glück. Es passierte aber auch, dass sie zu keiner Reflexion fähig war und wie angewurzelt stehenblieb wie ein seelen- und gefühlloses Gespenst stehenblieb. Es gab auch Momente, wo sie vor Freude einen Luftsprung machte. Aber das Aufkommen auf dem Boden verletzte sie maßlos. Die Freuden in der Luft waren von kurzer Lebensdauer. Doch das Glück zu haben, sie auch auf der Erde weiterleben zu können, war ein großer Triumph, der länger währte. Manchmal leben diese Siege mit uns und werden zu einem untrennbaren Teil unseres Lebens.

XII

Sie hätte sich niemals gedacht, eines Tages Angst vor der Liebe zu haben und durch die Wahl ihres Geliebten jemanden zu verletzen. So etwas wäre nicht in Frage gekommen. Auch wenn ihr das jemand gesagt hätte, hätte sie ihn vielleicht gar ausgelacht.

Auch Chris hatte begonnen, die Welt mit anderen Augen zu sehen. Er bemühte sich, in Gedanken tief in das Universum einzudringen. So viele Geheimnisse gab es in dieser Welt, dachte er sich. Tief in seiner Seele spürte er ein unbeschreibliches, noch nie zuvor erlebtes Glück.

Olga blickte neugierig auf Chris, ohne ihn was zu fragen. Schweigend stellte sie ihm eine Tasse Tee auf den Tisch und sagte:

„Trink. Vielleicht entspannt es dich ein wenig."

„Danke, Mutter", antwortete er, ihr dabei in die Augen sehend.

Sie wusste noch nichts über seine Beziehung mit Hanna. Also war Hanna auch für sie noch ein Rätsel. Sie kannte sie zwar als Person, wusste aber noch nichts von der Liebesbeziehung zwischen den beiden.

„Ich habe das Gefühl, du möchtest dich mit mir unterhalten", sagte Olga.

„In der Tat, ja, ich will mit dir reden", antwortete er und sah seiner Mutter dabei gerade in die Augen.

Chris war auch neugierig, wie sie reagieren würde. Er war sich nur einer Sache sicher: Schwierigkeiten und unüberwindbare Hindernisse würde es von Seiten seiner Mutter für ihn und Hanna nicht geben – zumindest dachte er das.

„Gut, ich bin ganz Ohr."

„Ich weiß nicht, wie du es aufnehmen wirst. Vielleicht wirst du mich überhaupt nicht verstehen, oder vielleicht wirst du Verständnis für mich haben und dich meiner Ansicht anschließen. Wie dem auch sei: Was ich dir sagen möchte, ist, dass ich ein Mädchen habe, d ich von ganzem Herzen liebe, und ich will nicht, dass du das von jemand anderem erfährst."

„Sooo, du hast eine Geliebte?", fragte ihn Olga einigermaßen erstaunt. „Wer ist denn deine neue Geliebte?"

„Ja, ich habe eine", wiederholte Chris und blickte seine Mutter verwundert an, weil ihm ihre Reaktion irgendwie komisch vorkam und er nicht damit gerechnet hatte.

Ja, das Leben war voller Überraschungen und endlich war die Zeit gekommen, wo auch er sich mit der Realität auseinandersetzen musste, die ihn umgab und die er bisher nicht begriffen hatte. Ohne sich mit etwas zu konfrontieren, kann man auch nicht kennen und wissen, was einen erwartet.

„Ja dann, sehr gut", antwortete seine Mutter wieder. „Eine solche Nachricht hatte ich für den Moment nicht erwartet. Aber nichtsdestotrotz ist es eine schöne Nachricht. Was erwartest du von mir, das ich dir sage, außer ich gratuliere und wünsche euch eine schöne Zeit miteinander. Irgendwann wirst du sie mir vielleicht auch vorstellen."

„Ja, ich werde euch auf jeden Fall einander vorstellen, obwohl du sie tatsächlich schon kennst."

Die Worte eilten ihm irgendwie aus dem Mund, und die Neugier darauf, wie seine Mutter reagieren würde, stieg immer mehr. Er versuchte, sich auf ihre Reaktion zu fokussieren, indem er eine Art Vergleich anstellte, um die Art der Reaktion von Hannas Eltern vorhersagen zu können, wenn Hanna sie über ihre Beziehung informieren würde.

„Ich kenne sie?", fragte Olga verwundert.

„Ja, du kennst sie, Mutter. Es ist Hanna, das Mädchen aus der Bibliothek."

„Hanna? Welche Hanna? Ich kenne keine Hanna!"

„Hanna Shala, die Albanerin", erklärte er ihr, ohne die Augen von seiner Mutter abzuwenden.

„Die Albanerin?!", fragte Olga erstaunt mit lauter Stimme.

„Ja. Ich verstehe nur nicht, warum du dich so sehr darüber wunderst", meinte Chris.

„Verzeih mir bitte meine Reaktion, aber ich habe wirklich nicht erwartet, du würdest mir sagen, dass du eine Liebesbeziehung mit einer Ausländerin, noch dazu mit einer Albanerin hast."

„Ich verstehe dich absolut, Mama, aber ich hoffe, dass diese Tatsache dich überhaupt nicht stören wird", antwortete ihr Chris.

„Chris, du bist schon erwachsen und entscheidest selbst über dein Leben. Aber, um ehrlich zu sein, würde mich eine Beziehung mit einer Deutschen mehr freuen als eine mit einer Ausländerin. Doch damit du das weißt: Das Wichtigste für mich ist dein Glück."

Sie streckte langsam in Liebe ihre Hand aus und liebkoste das Gesicht ihres Sohnes, drückte ihn fest an ihre Brust und umarmte ihn. Diese Umarmung war vielleicht mehr eine Reaktion, um ihr Gefühl des Ärgers und der Ablehnung seiner Beziehung mit einer Ausländerin vor ihm zu verbergen. Sie war sich jedoch darüber im Klaren, dass der Widerspruch von ihrer Seite weder ihr noch ihrem Sohn einen Nutzen bringen würde.

„Wie sehr mir deine Umarmung gefehlt hat, Mama", sagte er und drückte ihr mit einem vor Glück leuchtenden Lächeln fest die Hände.

„Ich bin neugierig zu erfahren, wie Hannas Familie die Nachricht von eurer Beziehung aufgenommen hat", teilte sie ihm mit.

„Was das betrifft, so interessiert es auch mich, wie sie darauf reagieren werden", antwortete er ihr, „denn sie wissen noch nichts davon."

„Sie wissen es noch nicht, sagst du?", fragte Olga mit der aufkeimenden Hoffnung in ihren Augen, dass deren Beziehung nur eine kurzlebige sein würde, und gab ihrem Sohn weitere Ratschläge.

„Chris, ich weiß nicht, wie gut du ihre Familie oder besser gesagt die Albaner oder die Ausländer im Allgemeinen kennst. Aber, bezogen darauf, was ich über sie gehört habe und wie ich sie selbst kenne, kann ich dir versichern, dass du es mit dieser Familie niemals leicht haben wirst. Ich weiß nicht, wie sehr du dir dessen bewusst bist."

„Mama, ich bin mir all dieser Dinge bestens bewusst. Doch was mich am meisten interessiert, ist deine Unterstützung für meine Beziehung mit Hanna. Es ist viel Zeit vergangen, seit du sie das letzte Mal gesehen hast. Aber auf diesem Weg wird sie vielleicht auch deine Hilfe brauchen. Ich weiß nicht, wie gut du mich verstehst."

„Ich verstehe dich sehr gut, mein Junge. Aber ich fühle auch eine Art Angst um diese Beziehung, weil diese Leute ihren Töchtern nicht erlauben, mit Ausländern auszugehen und sich zu amüsieren. Das weißt du schon, oder?"

„Ich weiß das alles, Mama. Aber ich kann nichts mehr tun, wir lieben uns einfach. Sollen wir etwa gegen unsere Liebe ankämpfen? Denkst du, das wäre uns gegenüber gerecht, Mama?"

„Was das jetzt und Heute betrifft, werde ich nichts sagen, Chris. Ich bitte dich nur, vorsichtig zu sein, weil wir selbst unser Schicksal bestimmen. Doch manchmal treffen wir Menschen in unserem Leben, die uns zwingen, den Lauf des Schicksals zu ändern, und alles nimmt dann eine völlig andere Richtung. Das gilt auch für die Liebe. Vergiss bitte niemals, dass ich in diesem Leben nur dich und deine Schwester habe. Sie ist nicht hier, daher bist du für mich sehr wertvoll."

„Ich werde vorsichtig sein, Mama, mach dir keine Sorgen. Ich bin froh, dass ich deine Unterstützung habe", beruhigte er sie.

Obwohl ihr Verhalten sehr verdächtig war, glaubte er für den Augenblick, dass sie es aufrichtig meinte.

„Ich werde immer an deiner Seite sein, mein Junge, obwohl ich mir in diesem Fall darüber bewusst bin, dass die Unterschiede zwischen euch sehr groß und auch sichtbar sind."

„Was für Unterschiede, Mama? Bitte, sag sie mir! Worauf willst du jetzt hinaus? Ich verstehe das nicht."

„Nichts, nichts. Ich habe dir nur meine ehrliche Meinung als Mutter gesagt."

„Okay, wir werden es sehen, dass auch du mit der Zeit davon überzeugt sein wirst, dass es keine Unterschiede zwischen uns gibt. Letztendlich sind wir alle gleich, alle Menschen", erwiderte ihr Chris mit einer Miene, die seine Verwunderung über ihre Reaktion anzeigte.

Niemand ist in der Lage, die Gedanken des anderen zu analysieren. Auch Olgas Worte ließen verschiedene Interpretationen zu. Sie gaben Anlass fürvertrauen aber auch für zweifel über ihre Aufrichtigkeit. Zunächst einmal war das vielleicht mehr eine Sorge, eine mütterliche Sorge um den Sohn, und in dieser Sorge gab es keinen Platz für Nationalität, Religion, Hautfarbe oder Sprache, da war nur eine Frau, die eine Mutter war. Aus dem Herzen zu sprechen war eine Sorge, ein Kummer, wie ihn alle Mütter der Welt hatten, denn die Liebe einer Mutter war überall die gleiche. Wir selbst sind es, die wir uns selbst gegenüber, unter bestimmten Umständen, ungerecht und unaufrichtig sind, indem wir Trennung und Hass erschaffen, obwohl die Essenz, welche uns als Menschen auszeichnet, überall auf dem Globus die gleiche ist.

XIII

Hanna traute ihren Augen nicht. Es war das erste Mal, dass sie in der Liebesbeziehung auf diese Art überrascht wurde. Sie hatte einen überwältigenden Anblick vor sich, etwas, wovon sie immer geträumt, aber was sie niemals als verwirklichbar gedacht hätte. Sie hatte den Eindruck, dass ihr Herzensmensch sie so sehr liebte, dass er ihre Gedanken und Wünsche lesen konnte. Sie hatte gedacht, es wäre nur eine einfache Verabredung wie früher. Aber was sie da sah, war für sie ein Wunder. Sie hatte eine Jacht auf dem Bodensee vor sich, darauf ein Tisch nur für zwei Leute, mit angezündeten Kerzen, zwei Gläsern und einer Flasche Wein sowie Licht überall. Neben dem Tisch stand Chris die Arme hinter dem Rücken verschränkt. Es war zu bemerken, dass er etwas in den Händen hielt. Das war eine weitere Überraschung für Hanna. Ihre Augen strahlten vor Glück. Ohne zu zögern, fiel sie ihrem Geliebten um den Hals und sagte:

„Warum hast du so viel ausgegeben?"

Ihre Frage und ihr damit verbundener Gesichtsausdruck schienen ihm für das ihr bereitete Gefühl zu danken.

„Wenn ich es könnte, würde ich dir die ganze Welt zu Füßen legen, meine Liebste", erwiderte er ihr und reichte ihr dabei einen Blumenstrauß mit roten und weißen Rosen.

„Mir fehlen die Worte, um meine Gefühle in diesem Moment zu beschreiben. Du hast mich zum glücklichsten Menschen auf der Welt gemacht", dankte sie ihm und nahm den Strauß mit den von ihr bevorzugten Rosen in die Hand.

„Diese Rosen sind für dich, Hanna. Normalerweise schenkt man der Liebsten rote Rosen. Doch ich habe auch weiße gekauft."

„Dann haben diese bestimmt eine besondere Bedeutung, oder?", fragte sie ihn voller Neugier.

„Mit den roten Rosen will ich dir sagen, wie sehr ich dich liebe. Mit den weißen Rosen möchte ich dir zu verstehen geben, dass, obwohl ich ein Deutscher und Europäer bin, meine Liebe für dich rein und aufrichtig ist und ein Leben lang währen wird", flüsterte er ihr langsam ins Ohr und drückte ihr bei dieser Gelegenheit einen Kuss auf die Wange, deren Erröten, wenn er sich näherte, ihn zu locken schien.

„Ich zweifle nicht an deiner Liebe", versicherte sie ihm, bevor sie sich umarmten.

Ihre Liebe schien in diesem Augenblick grenzenlos zu sein. Für Chris war es eine reine und ehrliche Liebe, so normal wie nur möglich. Für Hanna war es auch so, aber sie brach gleichzeitig die Tabus einer Gesellschaft. Bis dahin hatte sie noch nicht gehört, dass irgendjemand aus ihrer Verwandtschaft öffentlich die Liebe mit einem Fremden öffentlich gemacht hätte. Aller Wahrscheinlichkeit nach war sie die Erste.

In der Gegenwart des anderen nahmen sie die Zeit nicht wahr, welche sehr schnell verging. Hannas Zeit war begrenzt, sie musste nach Hause zurückkehren, ohne sich sehr zu verspäten, um keine unnötigen Zweifel und Diskussionen mit ihren Eltern zu verursachen. Als sie auf die Uhr sah, erschrak sie und geriet in Panik.

„Chris, es ist schon sehr spät, ich muss sofort nach Hause gehen", sagte sie ihm wie entsetzt, obwohl ihr Wunsch, noch zu bleiben, genau so groß war wie jener des Geliebten.

„Ich verstehe dich. Du kannst gehen, aber bevor du gehst …", er beendete den Satz nicht und ihre Lippen fanden einander.

Hanna blieb atemlos, vermochte die Herzschläge nicht zu kontrollieren, ihre Wangen waren errötet und ihre Augen leuchteten vor Liebe. Zum ersten Mal befanden sie sich in einem so privaten und romantischen Ambiente, wo sie ihre Küsse und Umarmungen austauschen konnten, ohne ständig Angst zu haben, von jemandem gesehen zu werden. Das war ihr erster Kuss in dieser Art. Sehr oft hatte sie daran gedacht, wie ein solcher Kuss sein würde. Da war nun der Moment gekommen, ihn zu genießen, noch dazu mit ihrem Herzensmenschen. Leider bot sich nicht all ihren Landsleuten eine solche Gelegenheit. Sie fühlte sich äußerst glücklich. Sie blieben umarmt, während die

Wellen des Sees ihnen das Gefühl der Liebe noch steigerten, zusammen mit dem Wunsch, noch länger so verweilen zu können.

„Hanna, bleib heute Abend bei mir!", bat Chris sie mit flehender Stimme.

„Ich würde sehr gerne bleiben, aber ich kann nicht, ich wage es nicht!"

„Wir werden irgendeine Begründung finden. Lassen wir diese Nacht allein die unsrige sein!"

„Auch wenn ich bliebe, könnte ich dir heute Nacht nicht mehr als einen Kuss geben", antwortete sie ihm.

„Warum? Ich verstehe nicht, was du meinst!"

„Du wirst es vielleicht nicht glauben, aber ich habe heute Abend mit dir den ersten Kuss meines Lebens erlebt, wenn wir einmal von dem in der Bibliothek absehen", erklärte sie ihm, während ihre Wangen immer roter wurden.

„Das war dein erster Kuss?!", fragte Chris erstaunt.

„Ja", bestätigte sie und senkte ihren Blick auf den Boden.

Sie verstand noch nicht seine Reaktion, in diesem Augenblick verstand sie nichts. Inzwischen hatte Chris ein Glücksgefühl gepackt, sodass er seine Geliebte umarmte und nicht mehr losließ.

„Ich bin der Erste, der meine Liebste küsst! Wau! Das hätte ich mir niemals gedacht. Genau so wenig hätte ich geglaubt, dass es mir so ein schönes Gefühl bescheren würde."

Er begann vor Freude zu tanzen, wobei er Hanna in den Armen hielt, als wäre sie bloß eine Feder.

„Wirklich?", fragte sie ihn überrascht, bis sie von ihm fast in die Luft geworfen wurde, aus dem Glücksgefühl heraus, das ihn erfasst hatte.

„Oh meine Hanna! Wie glücklich ich in diesen Augenblicken bin!"

„Und ich habe gedacht, das würde dich stören und sich negativ auf unsere Beziehung auswirken."

„Im Gegenteil!", versicherte er ihr und liebkoste ihr schönes Antlitz, ohne seine Augen von ihr abwenden zu können.

Er zerging förmlich im Glanz ihrer blauen Augen, in dieser Unschuld.

„Deine Meinung macht auch mich maßlos glücklich."

„Wenn das dein erster Kuss war, dann bedeutet das, dass du noch Jungfrau bist."

„Ja, genau. Die Jungfräulichkeit ist für uns heilig. Damit schützen wir nicht nur unsere Ehre, sondern auch unsere Familie."

„Erläutere mir das bitte etwas näher, meine Liebste."

„Die albanische Frau wagt es nicht, vor der Hochzeitsnacht sexuelle Beziehungen mit ihrem Verlobten zu unterhalten. Denn wenn eine Braut keine Jungfrau mehr ist, dann wird sie in der Hochzeitsnacht zu ihren Eltern zurückgeschickt, die über ihr weiteres Schicksal entscheiden. Sie wird von den anderen als ehrlos bezeichnet und kann vor Schande nicht einmal mehr auf die Straße gehen."

„Ich verstehe. Das habe ich schon von meinen albanischen Freunden gehört. Aber gilt das auch für albanische Frauen, die im europäischen Ausland leben?"

„Ich denke schon. Vielleicht nicht für alle. Das hängt vom konkreten Fall ab, ob sie aus Liebe oder nur für die Papiere geheiratet haben."

Chris' Neugier wurde immer größer, daher hörte er nicht auf, Fragen zu stellen. Warum? Wie ist so etwas möglich? Eine so schöne Frau, die so viele junge Männer in der Stadt begehren und über die gesprochen wird, hat noch mit keinem eine sexuelle Beziehung gehabt, noch nicht einmal jemanden geküsst? Das begann ihm nicht nur zu gefallen, sondern auch ein Gefühl zu erzeugen, als wäre er der glücklichste Mensch auf der Welt. Es war für ihn eine große und bedeutende Sache, eine Geliebte zu haben, die alles mit ihm zum ersten Mal erlebte, eine Frau, die ihn so sehr liebte und für die er der erste Mann in ihrem Leben war.

„Hanna, bitte erkläre mir, wie das möglich ist. Du hast nie einen Geliebten gehabt oder dir hat noch keiner gefallen?"

„Ich habe nie einen Geliebten gehabt. Aber ich habe an jemanden gedacht, der mir sehr gefiel, an jemanden, der mir schon in meiner Jugend gefallen hatte. Nach einer Zeit verließ er jedoch die Stadt und hatte nicht die Möglichkeit, herausfinden, ob er mir gefiel."

Diese Worte schienen Chris einige Dinge in Erinnerung zu rufen, aber er war sich noch nicht sicher, um wen es dabei ging.

„Und er ist nie mehr zurückgekehrt?", fragte er sie wieder neugierig und ungeduldig auf ihre Antwort wartend.

„Er kam nach einigen Jahren zurück und wir waren wieder Freunde, und genau heute Abend genoss ich den ersten Kuss von ihm."

„Wie ist es dir gelungen, so ein Gefühl so lange für dich zu behalten? Warum hast du es mich nicht wissen lassen? Warum? Sag es mir! Warum, Hanna?"

„Weil es in unserer Kultur und Erziehung eine Schande ist, wenn eine Frau ihre Gefühle als Erste kundtut. Dafür kann sie auch zurückgewiesen oder missverstanden werden."

„Wie leid mir das tut, dass du vielleicht darunter gelitten hast. Ich hingegen habe dich von dem Augenblick an geliebt, als ich dich wiedergesehen habe. Doch oft haben mich meine Freunde davor gewarnt, dir meine Liebe zu offenbaren. Tja, du siehst ja, wie lange ich es ausgehalten habe."

„Was haben sie dir denn gesagt? Das interessiert mich, ich möchte es wissen."

„Sie haben mir gesagt, dass meine Liebe für dich gefährlich sein könnte, wegen der unterschiedlichen Nationalität und Kultur und wegen allem anderen, und dass du mich sofort zurückweisen würdest."

„Das ist normal. Eine Beziehung mit einem Ausländer ist für uns verboten. Aber meine Gefühle für dich sind stärker als die Angst vor den anderen", sagte sie ihm und warf sich ihm in die Arme.

„Gib dich deiner Liebe hin, Liebste, und hab keine Angst! Gemeinsam werden wir alle davon überzeugen, dass unsere Liebe wahr ist und es keinen Unterschied zwischen uns gibt. Die Liebe ist für alle gleich, weil wir alle gleich lieben."

Sie sah ihm eine Zeit lang in seine Augen und versank tief in deren Bläue, ihre Liebe wiegte, wie die Boote auf dem See. Der Bodensee schrieb nun eine neue Geschichte in sich selbst. Ihre Liebe wiegte sich in dessen leichten Wellen. Seine Farbe verlieh ihren reinen Gefühlen mehr Feuer. Mit Leidenschaft küsste Chris Hanna, das Versprechen der ewigen Liebe auf ihren Lippen lassend.

XIV

Auf dem Tisch lagen drei Reisetickets nach Kosovo. Überrascht nahm Hanna sie in die Hand, um sie anzusehen. Darunter war eines auf ihren Namen. Sie waren für den morgigen Tag reserviert. „Oh Gott, warum müssen wir so unerwartet reisen?", dachte sie. „Ist vielleicht etwas passiert? Oder haben sie die sterblichen Überreste des Onkels gefunden, und wir müssen unbedingt jetzt hinfahren, um ihn noch einmal zu begraben?" So schnell arbeiteten ihre Gedanken, dass ihr innerhalb von wenigen Sekunden allerlei Fragen in den Sinn kamen, aber keine davon suggerierte etwas Gutes. Der menschliche Verstand neigt dazu, zuerst an unangenehme Dinge zu denken, bevor ihm am Ende vielleicht etwas Schönes einfällt, das im Leben geschehen kann.

Mit den Tickets in den Händen ging sie im Zimmer auf und ab. Es war niemand sonst zuhause, den sie hätte fragen können, was los war. Sie war bekümmert, denn sie konnte niemanden am Handy erreichen. Ihre Angst steigerte sich, alles Mögliche fiel ihr ein, sie weinte fast vor Angst, dass etwas Schlimmes passiert sein könnte. Irgendwann erinnerte sie sich endlich daran, dass ihr Vater vor ein paar Tagen die baldige Reise nach Kosovo erwähnt hatte. „Vielleicht war es das, aber warum so unerwartet? Ich verstehe das nicht. Wie soll ich morgen abreisen, wenn ich doch arbeiten muss? Ich bin auch ganz und gar nicht auf eine so unerwartete Reise vorbereitet." Als sie so ihren Gedanken und Fragen nachging, hörte sie plötzlich die Eingangstür. Sie lief sofort in den Gang, um nachzusehen, wer gekommen war.

„Mama, du bist es?", rief sie in einem Ton der Freude und der Hoffnung, dass sie jetzt endlich eine Antwort bezüglich dieser unerwarteten Reise bekommen würde.

„Ja, meine Tochter, ich bin's! Ich bin schnell ein paar Sachen einkaufen gegangen", antwortete ihr die Mutter.

„Mama, weißt du über unsere morgige Reise nach Kosovo Bescheid?"

„Ja, mein Kind."

„Warum müssen wir unbedingt schon morgen abreisen, wenn der Sommerurlaub so nahe ist? Oder ist vielleicht etwas Schlimmes passiert? Haben sie etwa die sterblichen Überreste des Onkels gefunden?", fragte Hanna neugierig.

„Nichts von all dem, was du sagst, ist geschehen, meine gute Tochter. Nein, nein, nichts davon. Es ist nichts passiert, was einen Anlass zur Sorge gibt. Aber dein Vater wünscht, dass wir einmal vor dem Sommerurlaub fahren."

„Okay. Aber warum muss auch ich mitkommen? Ich arbeite. Das verstehe ich nicht. Weiß er denn nicht, dass ich keinen Urlaub habe?"

„Ja, doch. Dein Vater hat gesagt, dass ich das Haus ein wenig aufräumen soll, damit alles, wenn wir im Sommer kommen, in Ordnung ist. Dann denkt er auch an dich, meine Tochter."

Bei diesen letzten Worten wagte sie es nicht, Hanna in die Augen zu sehen, weil sie Angst vor ihrer Reaktion hatte.

„Was soll das heißen: Er denkt auch an mich?"

Ihre Augen leuchteten vor gemischten Gefühlen, Neugier, Wut, Trauer. All das zusammen kochte in ihrem Inneren. Ihr Gesichtsausdruck änderte sich durch diese innere Last. Vor allem war es ihre Nichtübereinstimmung mit diesen sie umgebenden und ihr Leben entscheidenden Dingen, welche zurückzuweisen, sie noch immer nicht den Mut aufbrachte. Sie wandte ihren Blick nicht von der Mutter ab, wartete ungeduldig auf eine sinnvolle Antwort, obwohl sie wusste, dass sie keine bekommen würde.

„Dein Vater ist der Meinung, dass nun die Zeit gekommen ist, dich für jemanden zu entscheiden, Hanna. Er macht sich einfach Sorgen um dich."

Der beobachtende und gleichzeitig kummervolle Blick einer Mutter war klar bei Ajna zu erkennen, als sie mit ihrer Tochter sprach. Hanna näherte sich langsam ihrer Mutter und wandte sich mit einer ruhigen, aber flehenden Stimme an sie:

„Mama, bitte, tut mir das nicht an!"

Ihre Hand, welche in diesem Moment so kindlich und empfindsam wirkte, hielt den Arm der Mutter und verlieh ihrer Bitte, ja ihrem Flehen den überzeugenden Sinn, welcher in jenem Augenblick auch vonnöten war.

„Was kann ich denn ausrichten, meine Hanna? Ich bin ihm gegenüber machtlos, du weißt das, du kennst deinen Papa. Wenn er beschließt, nach Kosovo zu fahren – wer vermag ihn davon abzuhalten, wenn man nicht einmal an das Gegenteil zu denken wagt?"

„Nach Kosovo zu fahren ist überhaupt kein Problem, Mama. Das Problem ist, dass ihr begonnen habt, irgendetwas bezüglich meiner Zukunft auszubrüten und dass das auch der Grund für diese Reise ist. Bitte, versteh du mich wenigstens, du bist ja auch eine Frau!"

„Ja, lass uns fahren, Tochter, das bedeutet ja nicht das Ende der Welt. Keiner weiß, was die Zukunft bringt. Vielleicht erfüllt sich dein Schicksal dort."

„Genug, Mama, bitte genug!", unterbrach sie völlig verzweifelt ihre Mutter und ließ sie nicht mehr weitersprechen.

Ajnas Stimme zitterte, ihr Gesicht verfinsterte sich. So etwas hätte sie sich von ihrer Tochter niemals gedacht. Hatte sie etwa vergessen, wie die albanischen Töchter gegen diese Familientradition zu rebellieren pflegten?

„Hanna, was ist los mit dir?", fragte Ajna und sah ihrer Tochter dabei in die Augen. „Bist du vielleicht mit jemandem zusammen?"

Diese Frage hatte sie ihr nur schüchtern gestellt, die eigenen Hände drückend.

„Was spielt das für eine Rolle, ob ich mit jemandem zusammen bin oder nicht? Wer würde mich verstehen, Mama? Wer würde meine Gefühle verstehen? Wer würde meine Welt verstehen?"

Die Tränen schossen ihr aus den Augen. Sie stellte der Mutter Fragen, wohl wissend, dass sie von ihr keine Antwort darauf zu erwarten hatte.

„Hanna, bitte, ich verstehe dich nicht. Sag mir bitte kurz und bündig, ob du mit jemandem zusammen bist?"

„Mama, du hast mir noch keine Antwort gegeben. Wirst wenigstens du mich verstehen? Wirst du meine Gefühle verstehen? Sag es mir, bitte!"

„Du weißt, dass das nicht möglich ist. Das heißt nicht, dass ich dich nicht verstehen will. Aber du weißt sehr wohl, wie dein Papa tickt. Du kennst seine Reaktion gut. Glaubst du wirklich, ich könnte ihm widersprechen? Mein Leben geht dem Ende zu, ohne dass jemand jemals meine Gefühle verstanden hätte. Es interessiert niemanden, ob ich mich freue oder sorge. Hat mich etwa dein Papa jemals gefragt, wie ich mich fühle oder welche Wünsche ich habe?"

„Als ob du mir damit sagen wolltest, dass auch ich mich so wie du unterwerfen soll?", fragte sie voller Verzweiflung, ohne den Blickkontakt mit ihrer Mutter zu verlieren, zu der sie mit verletzter Seele sprach.

Zu jener Frau, die niemals über sich selbst gesprochen hatte, niemals einen Wunsch geäußert hatte und trotzdem die glücklichste Frau auf der Welt zu sein schien. Und nun für einen Moment verschwand diese Frau, verschwand ihr Lächeln, ihr viele Jahre lang präsentiertes Glück. Vor Hanna stand nun eine ganz andere Person, stand eine Frau, die Träume und Wünsche hatte, welche sie unglücklicherweise ihr ganzes Leben lang unterdrückt und nicht ein einziges Mal erwähnt hatte. Vielleicht hatte sie vergessen, was Träume waren oder wie es war, einem schönen Traum nachzulaufen, um sich selbst wiederzufinden. Nur in den Augen ihrer Kinder fand sie auch das Glück für sich selbst. Sie hatte sich dem Schicksal und den Sitten unterworfen, hatte akzeptiert, dass die Frau auf das Wort der Eltern hören und danach, wenn sie geheiratet hatte, auch dem Wort des Mannes folgen musste, ohne ihm nicht einmal im Geringsten zu widersprechen. Aber die Welt hatte inzwischen begonnen, sich zu verändern, nicht die Welt, aber die Menschen. Die Menschen hatten begonnen, selbstbewusst zu werden und sich nicht dem Schicksal zu unterwerfen, welches jemand anders für sie bestimmte.

„Ich sage dir nicht, dass du dich unterwerfen sollst, sondern das Leben von einem anderen Blickwinkel aus siehst. Dann wirst du beide Seiten der Medaille sehen und nicht nur eine."

Verzweifelt ging Hanna in ihr Zimmer. Sie war überhaupt nicht wütend auf ihre Mutter, weil ihr klar war, dass nichts von ihr abhing.

Menschen vom gleichen Planeten und doch so verschieden voneinander! So verschieden, dass der menschliche Verstand es manchmal schwer hat, diese Verschiedenheit zu verstehen, als wären wir von verschiedenen Planeten stammende Menschen. Was macht uns denn so verschieden? Der Verstand, die Vision oder die Tradition? Die Tradition, die wir selbst geschaffen haben oder unsere Vorfahren und von der wir uns jetzt nicht lösen können? Nicht nur, dass die heutige Generation sich nicht davon lösen kann, sondern auch, dass wir unsere Nachfahren zwingen, sich den gleichen Sitten zu unterwerfen. Abgesehen davon, dass diese Sitten uns nicht glücklich machen, so zwingen sie uns auch, uns dem Leiden zu unterwerfen und auf unseren Träumen und Wünschen herumzutrampeln. Warum wünschen wir dann, dass auch unsere Kinder das gleiche Leid erfahren und unseren Fußspuren folgen? Warum? Warum muss es noch immer so sein, wenn die Zeiten sich inzwischen geändert haben, wenn das Verfolgen der Träume und die Verwirklichung der Wünsche leichter geworden sind?

Ein scharfer Laut erreichte Hannas Ohren. Für einen Augenblick dachte sie, es sei der Wecker, der sie aus dem Schlaf weckte. Ein Gefühl der Erleichterung machte sich in ihr breit: Vielleicht hatte sie nur alles geträumt – das Tanzen, die Verabredungen mit Chris, die Umarmungen mit ihm, die Treffen beim Eck, die Leute bei der Imperia, den ersten Kuss, das Versprechen der Liebestreue und endlich die Überzeugung der anderen von ihrer wahren Liebe. Vielleicht war das alles nur die Illusion einer unruhigen Nacht, wo sie bereit war, im Zimmer mit den Bildern an der Wand zu erwachen, von denen ein jedes eine besondere Geschichte zu erzählen hatte.

Hanna stand vor einem Fenster mit weißem Kunstoffrahmen und darüber hängenden Vorhängen, sodass kaum einige dünne frühlingshafte Sonnenstrahlen eindrangen. Es war nicht der Wecker, der sie aus dem Schlaf geweckt hatte, sondern die Stimmen, die von draußen zu hören waren. Es waren die Stimmen der Nachbarn, die gekommen waren, um ihnen das Willkommen im Kosovo zu wünschen. Der Aufenthalt um diese Zeit im Kosovo war für Hanna noch immer ein Mysterium. Ein leichtes Klopfen an die Tür war zu vernehmen.

„Ich bin es", sagte Ajna, die von ihrer Tochter verlangte, dass sie sich etwas Schönes anziehen und herauskommen soll, weil Gäste gekommen waren.

„Wie? Was für Gäste? So früh am Morgen? Wir sind ja erst gestern Abend angekommen", meinte Hanna etwas genervt.

„Stell keine vielen Fragen und komm runter! Das ist eine Schande vor den Gästen", erwiderte ihre Mutter.

Neugierig stieg sie langsam die Stufen hinunter, um zu sehen, wer die Gäste dieses frühen Morgens waren. Erstaunlicherweise kannte sie diese Menschen überhaupt nicht, hatte sie noch nie im Leben getroffen. Aber leider war sie von ihrer Mutter gezwungen, sie zu begrüßen. Und so, gemäß der Sitte, reichte sie ihnen die Hand und sprach mit den ungeladenen Gästen, wobei sie drei bis vier Schritte zurückwich. Sie erschrak, als ihre Mutter ihr plötzlich etwas ins Ohr flüsterte:

„Frag sie, wie es ihnen geht. So wie es die Sitte verlangt!"

„Okay, okay, ich werde es machen."

Sie fragte sie so, wie es die Mutter ihr befahl. Danach wurde sie von ihr aufgefordert, den Gästen einen Kaffee zu servieren. Als sie den Kaffee in der Küche kochte, hörte sie der Unterhaltung ihrer Mutter mit den Gästen zu. Diese lobte Hanna über alle Maßen. Ein ironisches Lächeln erschien auf Hannas Gesicht. Nun durchschaute sie den geheimen Grund dieses Besuchs.

XVI

Das war der schrecklichste Aufenthalt im Kosovo, den sie jemals erlebt hatte. Sie begriff nichts, jeden Augenblick durchlebte sie wie in einem Nebel. Es hatte sie auch eine Angst gepackt, eine Panik vor dem, was ihr gerade widerfuhr.

Sie verstand selbst nicht, wie sie sich an jenen Tisch in jenem Café setzen konnte, in der Gegenwart der Frauen, die sie am frühen Morgen zu Hause besucht hatten. Ein alter Mann war da, zwei junge Mädchen und ein junger Bursche, der ihr am Tisch gegenübersaß. Hanna saß zwischen ihren Eltern, und ihre Mutter flüsterte ihr ständig etwas ins Ohr.

„Schau ihn dir gut an, meine Tochter. Dieser Junge sieht wirklich gut aus!"

Hanna war sprachlos, sie hatte nur eine Frage im Kopf: Wie ist das möglich? Zum ersten Mal erlebte sie einen solchen nicht beneidenswerten Augenblick, für den sie sich schämte. Es kam ihr vor, als befände sie sich am Markt, wo die Leute Kleider aussuchten, die ihnen gefielen oder auch nicht! Heute hatte sie den Eindruck, dass mit ihrem Leben gehandelt wurde, ohne sie überhaupt zu fragen, was ihr gefiel oder nicht, was sie zu nehmen wünschte und was nicht. Verloren und schockiert blickte sie alle der Reihe nach an, versuchte die Situation besser zu verstehen, aber es war umsonst, so etwas war für sie unfassbar. Was sie sich wünschte, war, ein geeignetes Verhalten an den Tag zu legen, um sich dieser unangenehmen Lage, in der sie sich befand, so leicht und so rasch wie möglich zu entziehen. Ihr Gedankenfluss wurde durch die Stimme ihres Vaters und der anderen unterbrochen, als diese sagten:

„Lassen wir die beiden ein wenig allein, damit sie die Möglichkeit haben, sich zu unterhalten und einander kennenzulernen."

Für eine Weile war sie nun am Tisch allein mit dem jungen Burschen, der ihr gegenübersaß. Worüber sollte sie sich mit einem

Menschen unterhalten, den sie noch nie zuvor gesehen hatte? Was sollte sie ihm sagen? Da fiel ihr ein, was ihr die Mutter zuhause geraten hatte, welche Fragen sie einem Jungen stellen musste, wenn sie im Kosovo ein solches Treffen hätte. Schreckliche Fragen waren das, wenn man sie nach ihrer Meinung fragte. Die beiden sahen einander an und wussten nicht, wie sie die Unterhaltung beginnen sollten. Hanna hatte einen gutaussehenden Jüngling vor sich, der in Pristina studierte, aber nicht beabsichtigte, im Kosovo zu bleiben. Für sie war er aber nur ein Unbekannter, den sie zum ersten Mal sah und der sie überhaupt nicht beeindruckte. Ihr gegenüber saß nicht Chris, es war nicht jener, nach dem sie sich sehnte und von dem sie ununterbrochen träumte. Die Stimme des Jungen, er hieß Alban, durchbrach ihr Schweigen.

„Du bist sehr schön, Hanna. Man hat mir viel von dir erzählt, alle haben sehr gut von dir gesprochen", wandte er sich in sehr höflicher Form an Hanna, für die dieses Treffen nicht normal war.

„Danke für diese Worte, aber ich treffe dich und höre von dir heute zum ersten Mal. Ich dachte nämlich, dass ich nur mit meinen Eltern ausginge, um etwas einzukaufen. Über ein solches Treffen hatte mich niemand informiert", erwiderte sie ihm mit gemischten Gefühlen, wobei sie sich sehr bemühte, ihre Wut auf ihn zu verbergen.

Es war ganz klar, dass sie jetzt oder nie auf eine verständliche Art mit ihm sprechen musste, sodass ihm ihr Desinteresse an ihm klar wurde, ohne ihn dabei zu beleidigen und unnötige Probleme zwischen den Familien zu verursachen. Sie hatte dieses Treffen nicht gewollt, aber sie war sich nicht sicher darüber, ob er nicht verstand oder nicht verstehen wollte, was sie ihm sagte.

„Mit der Zeit werden wir uns besser kennenlernen. Die Hauptsache ist, dass du mir sehr gefällst und ich ernste Absichten mit dir habe", setzte Alban fort, während Hanna höchst verwundert den Kopf schüttelte, darüber nachdenkend, wie sie ihm darauf antworten sollte.

„Die Hauptsache ist, dass ich dir gefalle, sagst du?! Ist es denn nicht von Bedeutung, was ich will und ob du mir überhaupt gefällst? Da du mich überhaupt nicht kennst, kannst du auch nicht wissen, was für ein Mensch ich bin. Ich lebe in Deutschland. Woher willst du wissen, was ich dort mache und was für ein Leben ich dort führe?", erwiderte sie Alban im Bemühen, ihn mit ihren Argumenten vom Gegenteil zu überzeugen.

„Meine Familie kennt deine Familie gut, Hanna, und das genügt mir. Du kannst nicht anders als deine Familie sein."

Was aus dieser Unterhaltung rauskommen sollte, wusste niemand. Es war wie ein Kampf, um die andere Seite vom Gegenteil zu überzeugen, ohne dass der eine vom anderen wusste, was hinter all diesen Bemühungen verborgen wurde.

„Alban, du studierst in Pristina, und ich bin mir sicher, dass du von sehr guten Mädchen umgeben bist, die hier leben und studieren und sehr gut zu dir passen würden. Ich verstehe daher nicht, was du von mir willst. Ich bin in einem Land mit einer völlig anderen Kultur aufgewachsen, habe dort die Schule absolviert, arbeite dort und habe einen multikulturellen Freundeskreis. Aus all diesen Gründen wäre es meiner Meinung nach für uns beide sehr schwer, sich an den anderen anzupassen", schloss Hanna ihre offene und mutige Argumentation.

„Ich widerspreche nicht dem Wunsch unserer Familien und werde diese Worte, die du mir jetzt gesagt hast, dass wir verschieden seien und nicht zueinander passen würden, vergessen. Alles, was ich mir von unserer Beziehung erwarte, ist, dass ich in deinem Leben an erster Stelle bin."

Sein letzter Satz fiel wie der Schlag mit einem Vorschlaghammer auf Hannas Kopf.

„Was erwartest du von mir?! Wie kannst du dich nur in einer so patriarchalischen Mentalität an eine Frau wenden!", erwiderte sie ihm mit schallender Stimme. „Wir beide haben nichts mehr, worüber wir uns noch unterhalten könnten", beendete Hanna wütend das Gespräch und stand vom Tisch auf.

Sofort nach ihr erhob sich auch Alban, damit ihr Wortstreit niemandem auffiele. Sie gingen zu ihren Familienangehörigen, die sich nebenan in einem anderen Café aufhielten. Sie schienen in Ruhe miteinander zu sprechen, aber es war klar, dass sie alle mit ihren Gedanken bei den beiden waren, weil sie es kaum erwarten konnten, zu erfahren, wie sie sich entschieden hatten. Tima, Albans Mutter, war die Erste, die ihren Sohn fragte:

„Und? Was habt ihr gemacht? Wie ist es euch gegangen? Habt ihr aneinander Gefallen gefunden?"

Unverzüglich, als wollte er Hanna keine Gelegenheit geben, ihren Standpunkt der Dinge vorzubringen, antwortete er seiner Mutter:

„Wir haben uns geeinigt, Mama. Es ist alles in Ordnung."

Hanna drehte verblüfft und enttäuscht den Kopf zu Alban und warf ihm einen zornigen Blick zu, als wollte sie ihm sagen: Was redest du da? Das ist nicht wahr! Beide Familien verabschiedeten sich voneinander, nachdem sie dahingehend verblieben waren, sich bezüglich des Schicksals von Alban und Hanna wieder zu treffen.

In Hannas Augen war alles wie in einem Puppentheater, wo die Puppen von anderen und nach deren Geschmack angezogen und geschmückt werden. Es waren die anderen, die entschieden, ob eine Puppe mit lächelnder Miene oder eine mit trauriger Miene genommen wurde und welche Rolle sie spielen sollte. Diese Rollen mussten die Puppen dann, nach dem Wunsch der anderen, ohne Widerspruch, zum Amüsement der anderen spielen.

„Mama, bitte, tut mir das nicht an! Ich kenne diesen Menschen nicht, ich will nicht mein Leben mit ihm verbringen! Warum versteht mich hier im Haus niemand?", flehte Hanna ihre Mutter an, damit sie sie nicht zu einer Zwangsheirat nötigten.

„Was kann ich denn für dich tun, Hanna? Wie soll ich dir helfen?"

Zum ersten Mal in dieser Angelegenheit nahm sie die Traurigkeit in den Augen der Mutter wahr, aus denen Tränen der Anteilnahme für die Tochter flossen.

„Hilf mir, Mama! Überzeuge Papa davon, es nicht zu tun! Bitte, verstehe mich! Versetze dich in meine Lage!"

Flehen und Bitten waren die letzte Möglichkeit, um sich vor der Verlobung und späteren Zwangsheirat mit einem unerwünschten Mann zu retten.

„Ich werde mit der aufrichtigen Liebe einer Mutter versuchen, deinen Papa davon zu überzeugen", beruhigte sie ihre Tochter, während sie ihr Haar streichelte und sie an ihre warme Brust drückte. „Ich war jünger als du, Hanna, als sie mich mit deinem Vater verlobten. Ich war sehr jung und sie fragten mich überhaupt nicht. Niemand erzählte mir von einem solchen Vorhaben. Sie teilten mir einfach mit, dass sie mich verlobt hatten. Eigentlich erfuhr ich es zuerst von den Kindern, die in unserem Haus spielten. Damals wusste ich gar nicht, traurig zu sein oder zu widersprechen, weil ich noch niemals ausgegangen war oder einen anderen Menschen zu sehen bekommen hatte. Daher wusste ich auch nicht zu entscheiden, was besser oder schlechter für mich gewesen wäre. Die Wahl trafen meine Eltern für mich", erzählte Ajna ihre traurige Geschichte. „Mein Schicksal wünsche ich euch nicht. Mit der Zeit lernte ich, euren Vater zu lieben, aber es war nicht leicht, überhaupt nicht leicht. Sie verheirateten uns und meinen Ehemann lernte ich in der

Hochzeitsnacht kennen. Es war, als fiele mir die Sonne auf den Kopf, als würde ich sterben. Jenes Gefühl der Schande werde ich niemals vergessen!"

„Ich kenne deine Geschichte, Mama. Es tut mir leid für dich. Aber du hast Papa nach der Heirat geliebt, oder?"

„Ja, ich hatte das Glück, mich danach in euren Vater zu verlieben. Aber wie viele Frauen hatten nicht dieses Glück?", entgegnete sie unter Kopfschütteln.

Nein, es hatte nichts mit dem Alter zu tun, weil das Alter keine Rolle spielte, ob eine Frau eine solche Situation verstand oder nicht. Für Hanna war zwar eine Beziehung mit einem Fremden etwas Normales, sie konnte sich aber durchaus in die Lage ihrer Mutter versetzen, sodass sie erkennen musste, dass sie an ihrer Stelle vielleicht genauso reagiert hätte.

„Hanna, darf ich dich etwas fragen?"

„Frag mich, Mama."

„Dein Widersprechen, hat es vielleicht einen anderen Grund? Sag es mir, bitte!"

„Ja, Mama, ich habe einen anderen sehr starken Grund."

„Das habe ich mir schon gedacht. Ich hoffe, dass es wenigstens ein Albaner ist."

Ohne dass Ajna ihren letzten Satz fertig ausgesprochen hatte, warf sich Hanna ihr schon um den Hals. Die Herkunft des Jungen, den sie liebte, verriet sie ihr allerdings nicht.

Das Schicksal war so, nicht nur für Ajna in jener Zeit, sondern auch für die Mehrzahl der albanischen Frauen. Dieses Schicksal hatten sie über die Generationen geerbt. Um es klar zu sagen: Nicht wegen des Fanatismus unserer Vorfahren. Es hatte mit etwas anderem zu tun. Wenn die Mädchen in die Pubertät kamen, durften sie nicht mehr die Schule besuchen. Kosovo war jahrhundertelang besetzt, überall fremde Polizisten und Soldaten. Um die Mädchen vor den gewalttätigen Feinden zu schützen, sperrte man sie zuhause ein und verheiratete sie oft in einem sehr frühen Alter.

XCIII

Als ob es nicht gereicht hätte, dass Hanna sich schon ganze Tage lang nicht bei ihm gemeldet hatte, so musste sich Chris nun auch mit seiner Mutter auseinandersetzen, die seine Beziehung mit Hanna kategorisch ablehnte. Olgas Hoffnung, dass die Beziehung zwischen den beiden nicht von langer Dauer sein würde, hatte sich nicht erfüllt. Diese Beziehung erschien ihr nicht geeignet, und eine Ausländerin konnte keine würdige Frau für ihren Sohn sein. Ihre Reaktion der Ablehnung kam Chris sehr merkwürdig vor.

„Oh Chris, ich bitte dich! Erzähl mir keine solchen Märchen! Wie viele Freundinnen hast du schon in deinem Leben gehabt? Und jetzt sagst du mir, dass du ausgerechnet eine Albanerin liebst?"

Aus Ärger ging sie im Wohnzimmer auf und ab und schaute ab und zu aus dem Fenster. Sie blickte Chris nicht an, weil sie die Ehrlichkeit in seinen Augen nicht sehen wollte. Sie dachte, dass er noch immer auf Liebesabenteuer aus wäre. Was sie aber am meisten erzürnte, war die Tatsache, dass sie ihn noch niemals so entschlossen gesehen hatte wie an diesem Tag.

„Ich wollte dich nur darüber informieren, Mama. Aber glaube mir, sobald du sie kennenlernst, wirst du deine Meinung über sie ändern, nicht nur über sie, sondern auch über alle Ausländer, die hier leben", sagte er und legte seiner Mutter die Hand auf die Schulter, um sie zu beruhigen, doch Olga hatte noch andere Sorgen.

„Nehmen wir mal an, ich wäre damit einverstanden. Was würde die Gesellschaft dann von uns denken? Sag es mir bitte, Chris! Was haben wir denn mit denen gemeinsam? Sag mir nur einen Punkt, in dem wir mit ihnen und ihrer Kultur eins sind."

„Alles, Mama, haben wir mit ihnen gemeinsam", erwiderte er ihr in einem ärgerlichen Ton. „Alles, was in uns ist, ist auch in ihnen. Alles, was uns umgibt, umgibt auch sie. Wir sind uns sogar in dem Punkt gleich, dass die eine Kultur die andere aus ihrem Wirkungskreis ausschließt."

„Genug mit diesen Dummheiten!", winkte Olga ab.

„Ich versuche nicht, dich von irgendetwas zu überzeugen. Ich wollte dir nur die Ernsthaftigkeit meiner Beziehung mitteilen", beendete Chris das Gespräch und verließ, die Tür hinter sich zuschlagend, das Zimmer.

Olga war von seinem Verhalten aufgebracht und begann ein Selbstgespräch:

„Er sagt mir sogar: Wenn du sie kennenlernst, wirst du deine Meinung ändern. Glaubt er etwa, ich würde das Mädchen nicht kennen, das in der Bibliothek arbeitet? Was weiß die denn über unsere Kultur und unser Leben?"

Olgas Verhalten war nicht viel anders als das einer albanischen Mutter. Vielleicht waren alle Mütter gleich, wenn es um ihre Kinder ging. Aber wenn man einer Albanerin erzählte, dass eine deutsche Mutter die Beziehung ihres Sohnes mit einer Ausländerin ablehnte, dann glaubte sie das bestimmt nicht. Doch die Wahrheit war, dass auch Olga sich bemühte, ihren Sohn von der Beziehung mit einer Ausländerin abzubringen, weil sie eine Einheimische bevorzugte.

Die Tage, die Hanna im Kosovo verbracht hatte, kamen ihr wie Jahre vor. In jener Nacht, als sie bereits zurückgekehrt war, wartete Chris bei seiner Jacht am Bodensee auf sie. Wenn sie von der Konfrontation und dem Kampf mit allen, ihrer Liebe wegen, erschöpft waren, zogen sie sich von allen zurück, indem sie umarmt in die sanften Wellen des Sees eintauchten.

„Ich bin es", war Hannas süße Stimme zu hören, die sich Chris langsam hinter ihm näherte.

Beim Versuch, zu lächeln, scheiterte er. Die Angst und die Sehnsucht, welche er tagelang ertragen musste, hatten ihn mitgenommen. Er drückte sie fest an seine Brust, als wollte er sie vor allen beschützen, die sie zu trennen wünschten. Er begann, ihr das Gesicht mit den Händen zu liebkosen, als wollte er sich davon überzeugen, dass sie tatsächlich vor ihm stand. Im Halbdunkel dieser schönen Ende-Mai-Nacht erschien ihm ihr Gesicht grau und müde, und ihre Augen waren voller Traurigkeit, und trotzdem war es das schönste Antlitz der Welt. Hanna wartete darauf, dass Chris ihr viele Fragen stellen würde, weil sie sich nicht bei ihm gemeldet hatte, als sie im Kosovo gewesen war. Er streichelte aber nur ihr Haar, ohne sie etwas zu fragen. Er wusste nämlich schon alles, und zwar von Besa, welche den Großteil des Kummers ihrer Schwester am eigenen Leib erlebt hatte. Da sie keinen anderen Ausweg mehr wusste, hatte sie Chris kontaktiert und ihn über alles, was ihre Schwester ganz allein dort erlebte, informiert.

Hanna blickte ihn verwundert an. Er legte seine Hand auf ihre, wie er es oft tat, als wollte er sich nicht bewegen und sowohl den Atem als auch die Zeit anhalten, damit sie ewig zusammenblieben. Sie wartete noch immer auf irgendeine Frage von ihm, aber er schwieg weiterhin.

„Du stellst mir gar keine Fragen?", wandte sie sich neugierig an ihn.

„Nein, meine Liebste, ich frage dich gar nichts. Nichts ist wichtiger, als die Tatsache, dass du jetzt bei mir bist, dass ich deine Nähe spüre und wir von diesem Moment an die Hand des anderen nie mehr loslassen werden. Sogar bis ans Ende der Welt werde ich dir folgen, du wirst nichts mehr allein erleben müssen."

In seiner Seele fühlte er, was sie durchgemacht hatte, und wurde nicht satt von ihrer Gegenwart.

„Wir werden immer zusammen sein, du wirst nicht mehr von Sorgen erdrückt werden, die dir aus der Beziehung mit mir erwachsen."

Tränen begannen, Hannas Wangen hinunterzufließen, Tränen, welche sie tagelang hinuntergeschluckt hatte. An diesem Abend fanden sie ihren Fluss, weil sie sich der Gefühle sicher waren, für die sie flossen.

„Wir werden für immer und ewig zusammen sein, so wie heute Abend, bis ans Ende unseres Lebens", sagte ihr Chris.

Er legte beide Hände auf ihre Wangen, wischte ihr die Tränen weg und blickte ihr gerade in die Augen. Außer dem Wunsch, Chris wiederzusehen, war Hanna noch aus einem anderen Grund zur Verabredung hingegangen. Sie hatte beschlossen, die Nacht mit ihm auf seiner Jacht zu verbringen, um ihm das Wertvollste zu schenken, was eine albanische Frau zu bieten hatte. Sie betrachtete es auch als ihre Rettung vor einer Zwangsheirat. Da er ihre Feinfühligkeit kannte, war sich Chris nicht sicher, ob sie schon zu solch einem Schritt bereit war. Auf keinen Fall wollte er, dass sie sich dazu genötigt fühlt und es später bereuen würde.

„Ich war mir noch niemals so sicher wie jetzt", teilte ihm Hanna voller Entschlossenheit mit.

Sie war voller Vertrauen von seinen Gefühlen überzeugt. In dieser schönen, vom Mondlicht beschienenen Frühlingsnacht waren sie bereit, einander eine unvergessliche Erinnerung zu schenken, welche diese Nacht für sie bewahren sollte, als ein Zeugnis der aufrichtigen Liebe von zwei Fremden mit Zwillingsseelen. Sogar die Wellen des Bodensees plätscherten im Rhythmus der Klänge ihrer Liebe. Der Mond schenkte ihnen seine Strahlen. Die Nacht hielt ihr Geheimnis hinter Schloss und

Riegel. Während die beiden Liebenden ihre Gefühle durchlebten, schwangen alle Dinge um sie herum in Beglückung, doch keiner war glücklicher als Hanna. Sie schenkte Körper und Seele dem Menschen, den sie mehr als ihr Leben liebte. In dieser Nacht steigerte sich ihre Liebe noch mehr. Diese Nacht würden die anderen Sünde nennen, aber für Hanna war es die schönste Sünde, die sie jemals im Leben begangen hatte.

Zusammen im Bett der Jacht liegend, fingen sie voller Freude zu lachen an. Vor allem Hanna frohlockte, weil sie zum ersten Mal so etwas erlebt hatte. Aber auch Chris war hocherfreut, weil sich ihm zum ersten Mal eine Frau körperlich hingegeben hatte, die noch Jungfrau gewesen war. Das war für ihn das Wertvollste, was ihm jemals im Leben geschehen war. Dennoch wollte er den Charakter einer Frau nicht danach beurteilen, ob sie Jungfrau war oder nicht. Das war in seiner Kultur nicht ausschlaggebend, nicht zuletzt deshalb, weil viele Frauen auch zum Opfer von Betrug wurden.

Die Nacht verging wie mit Absicht sehr schnell, wie im Galopp, als wollte sie sich beeilen, damit die beiden Liebenden auseinandergingen. Hanna sah oft auf ihre Uhr. Sie musste vor Tagesanbruch in der Wohnung sein, bevor die anderen aufstanden. Zur Sicherheit hatte sie Besa dort. Ihre Schwester beobachtete die Lage in der Familie und sorgte dafür, dass die anderen nicht mitbekamen, dass Hanna gar nicht in ihrem Zimmer war. Die Glückseligkeit der beiden hatte den siebten Himmel berührt, während die Wogen des Sees zur Symphonie ihrer Liebe geworden waren.

Ausschnitt aus Hannas Tagebuch:

Ich habe mich nicht verändert, ich bin noch die Gleiche, die ich gestern gewesen bin und auch heute bin. Ich vertraue darauf, dass ich es auch morgen noch sein werde. Ich habe nur mit einer Tradition gebrochen, eine Sitte verraten, indem ich mich dem Menschen hingegeben habe, den ich liebe. Ich bereue ab-

solut nichts. Das mag vielleicht auch meine Rettung vor einer Zwangsheirat sein. Für meine Eltern wird das nicht nur eine Sünde sein, sondern auch die größte Schande, die ihnen im Leben widerfahren konnte. Wenn sie davon wüssten, würden sie mich nicht nur zu Hause einsperren, sondern auch selbst das Haus nicht mehr verlassen in der Überzeugung, dass ich sie entehrt hätte und somit alle mit dem Finger auf uns zeigen würden. Ich wollte und will sie nicht verletzen, aber wenn das eine Sünde war, dann war es die süßeste Sünde meines Lebens.

Es heißt nicht umsonst, „Die Wände haben Ohren" und „Der Tag hat Augen, die Nacht hat Ohren". Hinter ihrem Rücken erhoben sich flüsternde Stimmen über ihre Beziehung mit Chris, eine Beziehung, die sich noch nicht ans Tageslicht wagte. Hanna konnte sich denken, was über sie von jenen Lästerern gesagt wurde, welche nicht davor zurückschreckten, sich mit dem Leben anderer zu beschäftigen. Die gleichen Gerüchte waren schon über viele andere Mädchen in Umlauf gebracht worden, die überhaupt keine Beziehung zu irgendeinem Jungen hatten. Ihr fiel sofort der Fall von Arta ein, über die das Gerücht verbreitet worden war, dass sie eine Beziehung mit einem Jungen hätte. Obwohl dieser Junge ein Albaner war, sperrten sie ihre Eltern im Haus ein und verheirateten sie innerhalb der vier Wände mit einem anderen Jungen aus dem Kosovo. Bei diesem Gedanken wurde Hanna sehr traurig. Sie wollte daher nicht länger daran denken, was passieren könnte, wenn solche Gerüchte über sie ihrem Vater zu Ohren kämen.

Für alles, was sie hörte, hatte sie für eine Weile jede Begeisterung verloren, die sie noch vor ein paar Minuten hatte. Es kam ihr vor, als wäre sie von einer Dunkelheit und einem todbringenden Schweigen umgeben. Ihr Blick hatte sich am Horizont verloren, ohne Bestimmung. Das Buch, das sie in der Hand hielt, drückte sie fest zusammen, als wollte sie es vor einem Raub bewahren. Um sie herum nahm sie fast nichts wahr, auch nicht den Passanten, der sie auf Albanisch grüßte und dem sie keine Antwort gab, weil sie dachte, er wollte sie mit Sicherheit beleidigen.

Das Abendessen nahm sie in völliger Agonie, obwohl es unter anderen Umständen sogar ein wahres Vergnügen gewesen wäre. Die Sonne war früh in einem leuchtend blauen Himmel untergegangen.

Hanna war es nicht klar, wie Albans Eltern es arrangiert hatten, bei ihr zuhause zum Abendessen eingeladen zu werden. Sie war sich sicher, dass alle ihre negative Einstellung ihnen gegenüber bemerkten. Ihr Gesichtsausdruck änderte sich alle paar Minuten, sie konnte sich auf nichts anderes konzentrieren. Sie war sich schon bewusst, wofür sie gekommen waren. Aber noch bewusster war sie sich, dass sie nun ihr Schicksal in die eigenen Hände genommen hatte. Das würde sie sich von niemandem mehr nehmen lassen. Sie war dieser ständigen Kämpfe gegen die albanischen Sitten überdrüssig. Ihre Gefühle fügten niemandem Schaden zu, sie waren einfach nur die ihrigen, und von ihren Entscheidungen musste sich niemand beeinflussen lassen.

Die Zeit verging nicht, und Hanna wartete ungeduldig darauf, dass die für sie unerwünschten Gäste so früh wie möglich wieder fortgingen. Albans Mutter ließ die potentielle Schwiegertochter nicht aus den Augen. Als Hanna ihnen den Tee servierte, musterte sie das Mädchen von Kopf bis Fuß. Wer weiß, was dabei in ihrem Kopf vor sich ging. Vielleicht flatterte ihr Mutterherz vor Freude, als es ein so schönes und zartes Mädchen vor sich hatte. Die arme Frau konnte nichts dafür, dass Hanna sich so gefesselt zwischen den unerwünschten Gästen fühlte. Sie stützte sich auf die Tradition, handelte einfach so, wie sie es gelernt hatte, nicht nur sie, sondern die meisten albanischen Frauen ihres Alters.

Die Anspannung stieg, als die Eltern begannen, den Plan für Hannas Verlobung mit Alban zu schmieden, mit einem Jungen, den sie nur ein einziges Mal in ihrem Leben getroffen hatte. Sie hatte beschlossen, diesen Abend schweigend zu verbringen, weil sie mit einer etwaigen Reaktion von ihrer Seite nur ihren Vater erzürnen und sonst nichts weiter erreichen würde. Einer der diese Unterhaltung nicht ertragen konnte, während er Hannas Verfassung beobachtete, war ihr Bruder Flamur, der sich in einem bestimmten Augenblick mit folgenden Worten an die Älteren wandte:

„Verzeiht mir, ich bin jünger als ihr, und vielleicht geziemt es sich für mich nicht, mich in eure Unterhaltung einzumischen, aber ich wollte nur vorschlagen, dass wir dieses Abendessen gemeinsam genießen und dieses Thema ein anderes Mal besprechen, wenn Sie das nächste Mal bei uns zu Gast sein werden."

Hanna war überrascht und wäre fast in Lachen ausgebrochen wegen Flamurs Worte. Sie drehte den Kopf zu ihm und sah ihn verwundert an. Sie hätte sich niemals gedacht, dass ihr Bruder so etwas sagen würde, noch dazu in diesem ernsten Ton, und sich in ein solches Gespräch einmischen würde. Bisher hatte er sich stets auf sein Zimmer zurückgezogen. Als er bemerkte, dass Hanna ihn staunend und gleichzeitig lächelnd anblickte, zwinkerte er ihr zu, als wollte er ihr sagen, dass sie sich auch heute vor diesen Leuten retten würde. Interessanterweise akzeptierten alle seinen Vorschlag, weil sie ihn ernstnahmen, und brachten den Wunsch zum Ausdruck, sich bald wiederzusehen, um die Details der Verlobung der Kinder zu besprechen und die Zeremonie im Sommer abhalten zu können, wenn die Emigranten ihren Urlaub hätten.

Dieses Thema bedrückte Hanna, sodass ihr der Abend nicht enden wollte. Sie sah alle der Reihe nach an und dachte bei sich: „Wann muss ich sie über Chris informieren? Vielleicht ist es besser, noch heute Abend, wenn die Gäste weg sind. Oder ist es vielleicht doch besser, wenn ich noch ein paar Tage damit warte?" Sie konnte sich nicht entscheiden, fand nicht den richtigen Moment für eine solche Unterhaltung mit ihren Eltern. Der Abend war ziemlich frisch, aber Hannas Körper schwitzte nur. Ihr einziger Trost war Chris. Er verstand ihren Zustand, hatte auch Verständnis gezeigt für ihr unerwünschtes Treffen im Kosovo mit Alban. Sie hatte den Plan für ihr Leben schon fertig und vergeudeten die anderen ihre Zeit damit, Pläne für ihr Leben zu schmieden, als wäre sie das Eigentum der anderen. Die Absicht, die dahinterstand, war zwar keine böse, denn auch sie hatten ihr eigenes Leben in die Hände ihrer Eltern gelegt, aber die Wirklichkeit war heute eine andere. Die Zeiten hatten sich inzwischen geändert, und das Land war nicht mehr das gleiche wie in ihren Erinnerungen an die alten Zeiten, als noch solche Entscheidungen getroffen worden waren. Leider tat sich die ältere Generation sehr schwer damit, diese neue Realität zu verstehen und zu akzeptieren.

XXII

Die Jahreszeit des Frühlings brachte nicht nur die Regenbogen-
farben der Blumen mit sich, sondern auch die Lebendigkeit in
allen Sphären des Lebens. Diese Lebendigkeit war auch in der
Stadtbibliothek zu bemerken. Wie jedes Jahr hatte die Bibliothek auch in diesem Jahr die Buchmesse organisiert. Bis zum
Ende der Vorbereitungen bedeutete das stets stressige Tage für
alle Angestellten, so auch für Hanna. Aber die Hauptverant-
wortung für die Organisation lag auf Ninas Schultern. Abgesehen davon wünschten alle Angestellten, dass alles perfekt aussehen sollte. Die schönen Farben des Frühlings, die zahlreichen
Buchtitel, die Menschenansammlungen, welche auf der Messe
ein- und ausgingen, steigerten noch die Würde der Bibliothek.
Die Angestellten sorgten dafür, dass alles wie geplant ablief.

Mit Saras Hilfe hatte Hanna einen anderen Plan ausgeheckt,
von dem sie nun hoffte, dass er wie gedacht verwirklicht werden konnte. Von Zeit zu Zeit streckte sie den Kopf, um zwischen den Leuten einen Bekannten oder Verwandten zu erspä-
hen. Ihre Eltern und beide Geschwister hatten ihr versprochen,
auf die Buchmesse zu kommen. Sie wartete auf sie und sah sich
ständig nach ihnen um. Auch Sara auf der anderen Seite drehte
immer wieder den Kopf, um Ausschau nach Hannas Eltern und
auch nach Chris und seiner Mutter zu halten. Noch war keiner
von ihnen aufgetaucht. Erstaunlicherweise kamen dieses Jahr
auch Leute, die zum ersten Mal die Buchmesse besuchten. Noch
nie zuvor hatte sie Fluturas Eltern auf der Messe angetroffen,
die nicht weit von der Bibliothek wohnten. Der Grund für ihr
Kommen war für Hanna offensichtlich, aber das machte keinen
Eindruck mehr auf sie.

Wie unbewusst drückte Hanna das Buch „Ein Frühlingstag
mit Heinrich Heine" fest in der Hand, als sich von der anderen
Seite langsam Chris und Olga näherten. Obwohl sie ihren Be-

such erwartet hatte, erstarrte sie vor Olga. Doch Chris blickte lächelnd von der einen zur anderen. Die Reaktion der beiden wichtigsten Frauen in seinem Leben aufeinander beeindruckte ihn. Er durchbrach das Schweigen, indem er sich an beide wandte:

„Ich möchte euch einander vorstellen: Mama, das ist Hanna; Hanna, das ist meine Mutter, Olga."

Hanna reichte ihr die Hand zur Begrüßung.

„Willkommen, Frau Olga", sagte sie ihr schüchtern, als spürte sie, dass auch Olga gegen ihre Beziehung war.

„Grüß dich, Hanna. Du kannst gerne Olga zu mir sagen", antwortete sie und, an ihren Sohn gerichtet, setzte sie fort: „Chris, ich kenne Hanna. Ich komme ja fast jede Woche in die Bibliothek. Daher ist es unmöglich, dass wir uns nicht kennen."

Ihr Blick blieb auf Hannas Gesicht geheftet.

„Ja stimmt, wir sehen uns oft in der Bibliothek. Aber ich war mir nicht sicher, ob sie wirklich die Mutter von Chris sind. Ob wir uns in der Bibliothek schon begegnet sind oder nicht – ich hätte Sie erkannt, weil Chris Sie sehr oft erwähnt. Um die Wahrheit zu sagen: Sie sind das Gesprächsthema in unserer Familie."

Olga war von Natur aus ernst. Doch bei diesen Worten, die Hanna gerade gesagt hatte, wusste sie nicht, wie sie sie verstehen und welche Bedeutung sie ihnen geben sollte. Aber sie verlor kein Wort darüber.

In der Ecke rechts von Hanna tauchte auch Sara auf, die ihre Hand hochhob, um Hanna anzuzeigen, dass ihre Familie gerade gekommen war. Chris und Hanna blickten gleichzeitig zu ihr hin. Hanna wusste sofort, worum es ging. Das Gleiche galt für Chris. Nach weniger als zwei Minuten befand sich ihre Familie vor Hanna, Chris und Olga.

„Papa, schön, dass ihr gekommen seid! Mama, wie sehr es mich freut, dass ihr da seid", sagte ihnen Hanna, die sich maßlos über ihr Kommen freute.

„Da sind wir, meine Tochter. Warum sollten wir nicht kommen, wenn du doch hier bei den Büchern arbeitest? Und Bücher schaden niemandem", antwortete ihr der Vater und streichelte sie am Rücken.

Sie unterhielten sich auf Albanisch. Olga beobachtete sie ununterbrochen, verstand aber leider kein Wort. Jetzt war der schwierigste Moment für Hanna gekommen, in dem sie ihre Absicht, in indirekter Weise ihre Eltern mit Chris und dessen Mutter Olga bekanntzumachen, in die Tat umsetzen musste. Sie holte tief Luft und wandte sich an ihren Vater Gani.

„Papa, darf ich euch einen Freund aus der Volksschulzeit vorstellen? Das ist Chris und das ist seine Mutter Olga."

Chris streckte als Erster die Hand aus und grüßte auf Albanisch:

„Guten Tag, Herr Gani."

Davon wurden alle überrascht und sahen ihn erstaunt an. Selbst Hanna reagierte mit Verwunderung, weil sie nie gedacht hatte, dass Chris irgendein Wort auf Albanisch kannte. Das war aber noch nicht alles, was er wusste. Seit Tagen hatte er ein wenig Albanisch gelernt. Vielleicht wünschte er, seinen Plan mit einer schönen Überraschung abzuschließen. Damit wollte er ein stärkeres Argument liefern, das die Seriosität ihrer Beziehung von seiner Seite bestätigte.

„Guten Tag, Herr Chris. Ich hatte nicht erwartet, dass Sie mich auf Albanisch ansprechen. Es ist ein schönes Gefühl, einen Deutschen in der gleichen Sprache sprechen zu hören, die auch ich spreche."

„Sie haben eine schöne Sprache, und ich bin sehr daran interessiert, sie zu lernen", erwiderte Chris.

Die Unterhaltung wurde dann auf Deutsch fortgesetzt. Alle Blicke waren auf Chris gerichtet, solange er versuchte, Albanisch zu sprechen. Sein Akzent war lustig und wirkte süß. Am meisten erstaunt von allen war Olga, die zum ersten Mal eine so große Veränderung an ihrem Sohn wahrnahm. Es war die Liebe, die ihn so sehr verändert hatte. Natürlich war ihr klar, dass ihr Sohn nicht der einzige Mensch war, den die Liebe veränderte. Man sagte nicht umsonst: „An der Seite der besten Könige der Welt steht eine Frau."

„Das heißt, Sie sind seit der Schulzeit mit Hanna befreundet", bemerkte Gani neugierig.

„Ja, wir kennen uns seit der Volksschule", antwortete Chris. Ganis Neugier schien mit dieser Antwort nicht zu erlöschen. Wer wusste, was in diesem Moment in seinem Kopf vor sich ging. Da er den Charakter seines Vaters gut kannte und Hannas bleiches Gesicht und ihren Blick sah, wandte sich Flamur an Chris, indem er ihn auf sehr freundschaftliche Weise begrüßte, als kannten sie sich schon seit Jahren, obwohl sie sich in Wirklichkeit noch nie getroffen hatten. Besa machte es ihm nach. Ebenso freundlich erwiderte Chris die Begrüßung von Hannas Geschwistern. Doch für Olga war es jetzt klar, dass Hannas Familie noch keinen blassen Schimmer von ihrer Beziehung mit Chris hatte. Sie musterte alle der Reihe nach. Ihr Blick blieb auf Hannas Gesicht gehaftet, auf diesem unschuldigen Gesicht mit den himmelblauen Augen, welche ängstlich aussahen. Die Unterhaltung dauerte noch einige Minuten, man sprach über Bücher und Neuerscheinungen. Olga reagierte neugierig. Das Gespräch wurde noch interessanter, als es um die Kenntnisse ging, die Gani über die deutschsprachigen Bücher und Autoren hatte. Olga wunderte sich darüber, weil sie nicht erwartet hatte, dass ein Mann in diesem Alter so viele Kenntnisse über diese Autoren besaß. Als die Unterhaltung zwischen ihnen so süß verlief, begannen Hannas Augen zu leuchten und trafen sich oft mit jenen von Chris. Heimlich lächelten sie einander zu. Es war ein zufälliges freundschaftliches Treffen der Familien der beiden. Ein beeindruckendes Treffen war es für Olga, und wie es schien, hatte es die Änderung ihrer Einstellung gegenüber Hanna und deren Familie bewirkt. Als sie sich von Hanna verabschiedete, drückte sie ihr fest die Hand und gab ihr zu verstehen, dass sie sich wiedersehen würden. Funken der Hoffnung wurden in Hannas Augen entfacht. Umsichtig vergaß Olga nicht, auch Hannas Familie auf einen Kaffee an einem freien Nachmittag einzuladen.

„Da ich Hanna oft in der Bibliothek treffe und Sie ihre Familie sind, wünsche ich, dass Sie alle zusammen zu uns auf Besuch kommen. Ihr Kommen würde uns über alle Maßen freuen", wandte sie sich an Ajna und Gani.

„Vielen Dank für die Einladung und den Respekt, den Sie uns erweisen", erwiderte ihr Hannas Vater in gegenseitiger Ehrerbietung.

Gani beherrschte die deutsche Sprache wirklich gut, obwohl er niemals die Möglichkeit gehabt hatte, einen Deutschkurs zu besuchen. Was Ajna betraf, so hatte Hanna ihrer Mutter viel Zeit gewidmet, um ihr Deutsch beizubringen. Das würde Ajna ihr niemals vergessen und oftmals dankte sie ihrer Tochter dafür, indem sie überall erzählte: „Ich weiß wirklich nicht, wie ich mich fühlen würde, wenn ich überhaupt kein Deutsch könnte. Mit Sicherheit würde ich mich dafür schämen und auch euch eine Schande bereiten." Hanna hatte sich sehr um ihre Mutter gekümmert, um ihr das Leben und den Kontakt mit den Menschen in Deutschland zu erleichtern.

Die Literatur und die Kunst vereinigten alle, die Kulturelle Herkunft machte keinen Unterschied. Vielleicht war es auch der Frühling, der die Menschen sanfter miteinander umgehen ließ. Dieser Frühlingstag war am Anfang für Hanna beschwerlich, aber am Ende war ihr Plan verwirklicht. Das Treffen ihrer Eltern mit Chris auf der Buchmesse, obwohl es kein offizielles war, war es der erste Schritt, der gemacht werden musste. Ein solches Gespräch machte sie miteinander bekannt und brachte sie einander näher, damit sie sich eines Tages nicht mehr fremd wären.

Nachdem alle weggegangen waren, atmete Hanna tief durch, als hätte sie bis dahin nicht genug Atemluft bekommen. Die ganze Zeit hatte sie das Gefühl, als würde ihr ein Stein in der Kehle stecken, der sie aus Angst und Stress gegenüber ihrer Familie und Chris' Mutter zu ersticken drohte. Sie war komplett verschwitzt, sodass ihr die Kleidung am Körper klebte. Nun, nachdem alles vorüber war, fühlte sie sich etwas erleichtert, obwohl sie nicht viel zu hoffen wagte. Aber in diesem Moment sah sie wenigstens ein kleines Licht am Ende des Tunnels.

Die Insel Mainau, auch die Insel der Blumen genannt, hatte über dreitausend Orchideenarten und Tausende andere Blumen. Hanna lief ständig zwischen den schönen Blumen herum, das Kleid schmiegte sich an ihren Körper und die Haare flogen leicht im frischen Wind, der sie umwehte. So glücklich fühlte sie sich inmitten der Blumen. Sie hatte davon geträumt, mit Chris nach Mainau zu gehen, um gemeinsam ihre Liebe auf dieser Insel zu genießen, in der Hoffnung, dass sie niemand erkannte.

Sie wurde nicht satt von diesem wundervollen Anblick. Chris pflückte heimlich eine kleine rote Blume und steckte sie ihr ins Haar.

„Ich tue mich schwer dabei, eine schöne Blume für dich zu finden, denn in deiner Gegenwart verblasst gar der Blumen Schönheit."

„So kommt es nur dir vor", erwiderte Hanna, wie jedes Mal errötend, wenn ihr jemand ein Kompliment machte.

„So kommt es nicht nur mir vor. Weißt du denn überhaupt, wie schön und sensibel du bist?"

„Ich weiß es nicht. Sag du es mir", entgegnete sie ihm lächelnd und neugierig.

„Du hast mich als Mensch geändert. Ich bin ein anderer geworden. Bemerkst du das gar nicht?"

„Ich bemerke es wohl und sehe es in deinen Augen, dass du mich wahrhaftig liebst. Du hast mich jetzt von deiner Liebe überzeugt."

„Ich bin verrückt vor Liebe! Schau, all diese Blumen um uns herum beeindrucken mich überhaupt nicht! Glaubst du mir das, Hanna?"

„Sie beeindrucken dich nicht? Sie sind das Paradies selbst!"

„Mein Paradies bist du! In deiner Gegenwart sind diese Blumen unsichtbar."

„Wir werden ja sehen, ob du mich siehst, wenn ich in die Mitte dieser Blumen dringe!", antwortete Hanna ihm freudig und lief rasch zwischen die Blumen.

„Du denkst wohl, ich würde dich nicht finden. Das werden wir ja sehen!"

„Na dann komm und fange mich, wenn du kannst!"

Sie liefen zwischen den Blumen und unbekannten Besuchern herum wie verwöhnte Kinder. Alle drehten sich nach ihnen um, sahen sie an und lächelten über sie. Sie beneideten sie um ihre Liebe. Die älteren Leute hatten sicher Verständnis für den Schwung der jungen Verliebten. Außer Atem konnte Hanna nicht länger laufen und legte sich daher auf eine Grünfläche. Chris legte sich zu ihr. Für einige Augenblicke verharrten sie in Umarmung. So wie jeden Tag Blumen erblühten und sich verschönerten, machte auch ihre Liebe die gleiche Reise. Im Gras liegend, schaute Hanna in den reinen blauen Himmel, umgeben von Grün und Blumen, an ihrer Seite die große Liebe, ohne die sie sich das Leben nicht mehr vorstellen konnte. „Ist das alles nur ein Traum?", dachte sie ständig. Chris schien ihre Gedanken zu lesen und fragte sie:

„Es kommt dir unglaublich vor, oder?"

„Was meinst du damit?"

„Das wir nebeneinander liegen, an einem märchenhaften Ort, mit einem wunderbaren Ausblick, inmitten von so vielen Menschen."

„Ja, so kommt es mir vor. Inmitten von so vielen Menschen ohne Angst neben dir. Erstaunlich, oder?"

„Hast du keine Angst, dass uns jemand sieht?"

„Ich weiß es nicht, Chris. Vielleicht habe ich Angst. Aber irgendwo in mir fühle ich, dass ich nichts Falsches mache. Für mich bist du kein Fremder mehr. Es sind Gefühle, die ich nicht beschreiben kann. Hast du Angst, Chris?"

„Nein, ich habe keine Angst. Für mich ist das alles normal. Ich fühle mich genauso wie du. Wir werden gemeinsam eine Familie gründen. Von heute an wünsche ich mir eine Tochter, die ihrer Mama ähnlichsieht!"

„Oh, wie schön das klingt!", rief Hanna und umarmte ihn. „Ich will nicht, dass dieser Tag zu Ende geht."

„Er wird nicht enden. So wie diesen Tag werden wir noch viele andere Tage erleben. Ja, jeder Tag unseres Lebens wird genau so sein wie dieser jetzt!", antwortete ihr Chris.

Das Wetter schien, sie verraten zu wollen. Einige regengraue Wolken tauchten am blauen Himmel auf. Es dauerte nicht lange, und es begann ein Nieselregen. Die beiden Liebenden erhoben sich und setzten ihre Betrachtungstour durch die Insel der Blumen fort. Sie gaben ihr einen neuen Namen: Die Insel der Liebenden.

Jeden Tag, jede Stunde, jede Minute geschahen so viele interessante und unvorhergesehene Dinge, manchmal auch unbegreiflich für den menschlichen Verstand. Hanna gefielen die Blumen so sehr. Genau so sehr liebte sie auch den Regen. Es gefiel ihr, wenn die Regentropfen auf feste Objekte prasselten und dadurch eine Melodie erschufen, eine Melodie, welche der Verstand des Menschen nicht zu komponieren vermochte. Vielleicht hatte dies mit der Tatsache zu tun, dass diese Laute besser erzählen konnten, was gerade auf der Welt und um den Menschen herum geschah.

Während das Wetter und die Jahreszeiten einander ablösten, verlief Hannas Leben in völlig spontaner Weise. Sie wagte es nicht, einen Plan für ihr Leben und ihre Zukunft mit Chris zu machen. Sie hatte beschlossen, einfach jeden Augenblick auszukosten, den Duft der Blumen der Liebe zu genießen.

Sie hätte sich niemals gedacht, dass in ihrem Leben so große Veränderungen in einer sehr kurzen Zeitspanne geschehen würden. Es kam ihr vor, als hätte sie keinen Einfluss mehr auf ihr Leben, als wären ihr alle Dinge aus den Händen gefallen und als würde alles in spontaner Weise dahinfließen. Oft fiel ihr der Spruch ein: „Die Flüsse finden ihren Fluss." Aber hatte ihr Leben nun den richtigen Pfad gefunden? Das war noch ein Rätsel.

„Komm, Hanna! Nimm dir auch was!", war Olgas Stimme zu vernehmen.

Als Hanna sich dem Rost näherte, um vom Fleisch zu nehmen, welches auf Olgas Geburtstagsfeier gegrillt wurde, sagte diese ihr nochmals:

„Nimm dir davon, Hanna. Hier ist nur Kalbs- und Hühnerfleisch, am anderen Grill gibt es auch Schweinefleisch. Zögere nicht, nimm dir, was du willst."

Olga lächelte Hanna in einer Weise an, welche Güte anzeigte.

„Danke, Olga. Es tut mir leid, falls ich euch bezüglich der Organisation der Lebensmittel Umstände gemacht haben sollte."

„Mach dir keine Gedanken. Du hast uns überhaupt keine Umstände gemacht. Deine Gegenwart, denke ich, tut uns allen gut."

Ihre Worte klangen so erstaunlich wie auch ehrlich. Chris beobachtete heimlich die beiden wichtigsten Frauen in seinem Leben, wie sie sich miteinander unterhielten. Olga versuchte, in deren Gegenwart zu verstehen zu geben, dass sie mit der Wahl ihres Sohnes in Hinblick auf Hanna einverstanden war.

Alle Geburtstagsgäste hielten sich im Garten des Hauses auf. Es waren viele Verwandte von Chris da, Großeltern, Tanten, Onkel und auch Cousins. Es waren über zwanzig Leute. Auch Sara war eingeladen. Hanna war kurz ins Haus gegangen und beobachtete beim Fenster Chris' Verwandte, wie sie sich miteinander vergnügten. Sie versuchte, einen Vergleich anzustellen zwischen ihnen und ihren eigenen Verwandten. Hier unterhielten sich alle, lachten, vergnügten sich, respektierten einander, führten offene Gespräche, ohne einander sich schlecht fühlen zu lassen. Allerdings verhielten sie sich in Saras und Hannas Gegenwart ein wenig merkwürdig. „Was unterscheidet uns?", dachte Hanna. „Auch wir amüsieren uns, unterhalten uns, lachen, lieben und respektieren einander. Was ist es also, das uns so verschieden macht?" Ihr Gedankengang wurde durch Sara unterbrochen, die Hanna gefolgt war, weil sie dachte, ihr ginge es nicht gut.

„Hanna, kommst du mit raus? Ist alles in Ordnung mit dir?"

„Mir geht es gut."

„Warum blickst du so finster drein? Hat dir jemand was gesagt?"

„Vielleicht ist das der Grund, warum ich so finster dreinblicke."

„Was willst du damit sagen? Erklär mir das, bitte!"

„Schau, wie sie sich vergnügen, unterhalten und so frei sind, ganz ohne Komplexe. Bisher hätte ich so ein Verhalten nicht für möglich gehalten", erläuterte ihr Hanna mit am Horizont verlorenem Blick.

„Ich verstehe dich noch immer nicht", sagte Sara und streckte den Kopf näher an Hanna heran.

„Weißt du, Sara, dass man mir über zwanzig Jahre lang eingetrichtert hat, dass die Deutschen und Europäer kalte Menschen seien, keine engen familiären Beziehungen hätten, keinen Kontakt zu ihren Verwandten unterhielten, zu keiner Beständigkeit in der Liebe fähig seien und so weiter und so fort. Und was sehe ich heute, was erlebe ich gerade hier?"

Sie holte tief Luft und brachte ihre Enttäuschung darüber zum Ausdruck, was sie ihr all die Jahre lang über ein Volk gesagt hatten, mit dem sie in ein und demselben Land lebten, ja in dessen Land.

„Ich verstehe dich voll und ganz, Hanna. Aber du kennst den Grund, warum sie dir all das so viele Jahre lang gesagt haben. Manchmal bringen sie uns dazu, an die Märchenwelt zu glauben, indem sie uns von der Realität fernhalten. Doch schau, da kommt ein Tag wie dieser heute, an dem wir selbst die Wirklichkeit sehen und fühlen. Komm, gehen wir jetzt raus und schließen uns den anderen an."

Die beiden jungen Frauen gingen in den Garten hinaus und stießen mit allen anderen auf Olgas Gesundheit an. Doch die an Hanna und Sara gerichteten Fragen rund um ihre Herkunft ließen sie mit einem nicht so angenehmen Gefühl zurück. Die Absicht, welche hinter jenen Fragen steckte, war offensichtlich. Olga lachte verschlagen und blickte dabei zu Chris, als wünschte sie, dass ihm bewusst würde, was die Verwandten über seine Beziehung mit einer Ausländerin denken würden.

„Was hältst du von meiner Familie, Hanna? Wie fühlst du dich in ihrer Mitte, meine Liebste?", fragte Chris, der nicht wollte, dass sie sich überflüssig vorkam oder unwohl fühlte.

„Du hast eine wunderbare Familie. Auch ich fühle mich als ein Teil dieser Familie, abgesehen von einigen Fragen, die sie mir stellen. Aber mach dir keine Sorgen deswegen", beruhigte sie ihn, indem sie ihn voller Liebe ansah.

„Du bist ein Teil meiner Familie und ein Teil meiner Seele", antwortete er ihr, während er sie an sich zog und ihr auf die Stirn küsste.

„Wie sehr ich dich liebe, Chris", rutschten ihr die Worte über die Lippen, welche keine Kontrolle mehr über des Herzens Worte besaßen.

„Was hast du mir soeben gesagt, Hanna? Bitte, wiederhole es noch einmal", bat er sie inständig und enthusiastisch.

Jedes Mal hatten sie über die Gefühle und die Liebe gesprochen, aber niemals hatte sie ihm in entschiedener und direkter Weise die Worte „Ich liebe dich" gesagt!

„Ich liebe dich, Chris. Du hast überhaupt keine Ahnung, wie sehr ich dich liebe."

Ihre Worte kamen aus der Tiefe des Herzens. Sie fühlte sich ihren Gefühlen und der Liebe für ihn unterworfen.

Das Geburtstagsfest ging weiter. Chris' Familie war so groß wie Hannas Familie. Es gab keine Unterschiede zwischen ihnen. Nur wir sind die, die Unterschiede machen und Mauern zwischen uns errichten.

Ausschnitt aus Hannas Tagebuch:

Ich weiß nicht, was gerade mit mir und meinem Leben geschieht. Das Leben fließt dahin, als wäre es gar nicht mein Leben. Ich wage es nicht, irgendeinen Plan dafür zu machen, weil nichts mehr gewiss ist. Ich fühle mich, als ob ich mein Leben in die Hände des Schicksals gegeben hätte. Ich tue, was der Augenblick von mir verlangt. Niemals hätte ich mir gedacht, dass ich mich so gut mit Chris' Verwandten unterhalten würde, obwohl sie uns andererseits mit Fragen bombardierten, welche einen rassistischen Unterton in sich verbargen. Für einen Augenblick begann ich mich als Teil seiner Familie und seines Lebens zu fühlen. Ich begann, mir unsere Kinder vorzustellen, wie sie im Garten des Hauses spielten, mir meine Familie mit seiner Familie vorzustellen, wie sie alle gemeinsam feierten. Wer weiß, was mir die Zukunft in meinem Leben bringt. Vielleicht wird mit der Zeit auch das Eis in den Herzen meiner Eltern schmelzen, so wie das Eis in Olgas Herzen bezüglich unserer Liebe geschmolzen ist.

Es war nach zehn Uhr Vormittag, als Hanna am Schalter der Bibliothek die neuen Bücher in das System aufnahm. Nach einer Weile kam Nina und fragte sie:

„Hanna, hast du dein Handy nicht mit?"

„Doch, aber ich habe es nicht bei mir. Warum?"

„Dein Vater hat in der Bibliothek angerufen und gesagt, du sollst sofort nach Hause kommen."

„Nach Hause?", fragte Hanna verwundert. „Ist etwa was passiert? Nina, bitte, sag es mir!"

Sie begann vor Angst zu zittern, dass etwas Schreckliches geschehen oder irgendjemand von der Familie krank geworden sein könnte.

„Beruhige dich, Hanna. Nichts ist passiert. Dein Vater hat nur wütend geklungen", versuchte Nina sie zu beschwichtigen.

„Wütend, sagst du? Ich rufe ihn mal an. Vielleicht gibt es keinen Grund, nach Hause zu gehen. Heute fehlt auch Sara. Wie werdet ihr allein mit der vielen Arbeit fertig?"

„Hanna, bleib ruhig und hör mir zu. Geh mal nach Hause und sei auf der Hut. Dein Vater ist mir wirklich sehr wütend vorgekommen."

In Ninas Augen war die Sorge zu erkennen, die sie um sie hatte, aber die Vermutung, welche sie im Kopf hatte, konnte sie ihr nicht zeigen.

Beunruhigt machte sich Hanna auf den Weg nach Hause. Tausend Fragen und Zweifel kamen ihr in den Sinn, aber was sie am meisten bekümmerte, war die Angst, dass in der Familie jemand erkrankt oder jemandem etwas Böses geschehen war. Wegen der einsetzenden Hitze konnte sie nicht schneller gehen. Die Strecke kam ihr immer länger vor, als vermochte sie gar nicht mehr das Zuhause zu erreichen. Sie ging, ja lief vielmehr und endlich war sie da. Fast atemlos öffnete sie die Haustür. Bei der Tür traf sie Ajna.

„Mama, geht es euch allen gut? Was ist passiert?", fragte sie ihre Mutter, die unbeweglich wie eine Statue vor ihr stand, ohne dass ihr ein Wort über die Lippen gekommen wäre. „Mama, so sag doch endlich, was passiert ist! Du machst mir Angst!"

Bevor Ajna antworten konnte, war aus dem Gästezimmer Ganis raue Stimme zu hören.

„Schämst du dich gar nicht, zu fragen, was passiert ist?!", wandte er sich voll Zorn an Hanna.

„Papa!", rief sie voller Verwunderung, und die Tränen begannen, ihr über die Wangen zu rinnen.

„Schämst du dich denn gar nicht?! So habe ich dich nicht erzogen!", brüllte er sie an und warf ihr das Trinkglas, das er in der Hand hielt, vor die Füße.

Es zerbrach in gleich viele Stücke wie auch Hannas Herz. Solange Hanna vor ihm stand, hallten einerseits in seinem Kopf die Worte wider: „Wie schamlos ist deine Tochter, dass sie nicht von Chris ablässt. Sie macht ihm das Leben kompliziert", und andererseits vernahm er ihre flehende Stimme, er solle ihr doch sagen, was geschehen sei.

„Papa, warum sagst du so etwas zu mir? Was ist passiert?"

„Dass du dich nicht schämst, mich zu fragen, was passiert ist!"

Er erhob die Hand, um Hanna zu schlagen. Aber in diesem Moment stellte sich Ajna schützend vor ihre Tochter hin und sagte zu ihm:

„Mach keinen Fehler, Gani!"

Doch er packte seine Frau beim Arm und warf sie auf den Boden. Er konnte sich nicht mehr beherrschen.

„Mama!", schrie Hanna entsetzt, als sie ihre Mutter am Boden liegen sah.

„Mir geht es gut, mein Kind! Gib acht!", beruhigte und warnte sie zugleich ihre Tochter, und beiden flossen die Tränen in Strömen übers Gesicht.

„Papa, beruhige dich doch, bitte!"

„Und du hattest auch noch die Frechheit, uns einander vorzustellen!"

„Was meinst du damit?"

Hanna tat noch immer so, als würde sie nicht wissen, wovon ihr Vater sprach. Sie hatte Angst. Immer schon hatte sie Angst gehabt, wenn sie sich vorgestellt hatte, wie ihr Vater reagieren würde, wenn er von ihrer Beziehung mit Chris erfahren würde.

„Du machst dich wohl lustig über mich!", schrie er voller Zorn. „Bevor ich dich einen Fremden heiraten lasse, töte ich dich!"

Nicht einmal Gani selbst hätte sich jemals gedacht, dass sein Verhalten gegen seine Tochter so hart sein würde. Für ihn war Hanna wie ein Sohn, wie er jedes Mal betonte, seine rechte Hand, die ihn niemals im Stich ließ. Er hatte ihre Unterstützung in jedem Aspekt, auch beim Bau des Hauses und Erwerb seines Vermögens. Hanna war aber auch sein schwacher Punkt. Daher haben die Behauptungen über sie ihn in gewisser Weise dazu gezwungen, einen solchen Schritt zu unternehmen.

„Lass uns bitte miteinander reden, Papa. Jede Handlung hat auch einen Grund, der erklärt werden kann. Du selbst hast mir das ja immer gesagt. Oder hast du das vergessen?", sprach sie langsam zu ihm, wobei sie ständig schluchzen musste.

„Deine Handlung hat keinen Grund! Du hast mir das Herz gebrochen, Tochter, hast mir den einen Arm abgeschnitten, Hanna! Warum hast du das getan?! Ich kann mich jetzt nicht einmal mehr auf der Straße blicken lassen!", schrie er mit ganzer Kraft.

Seine Enttäuschung und sein Kummer kannten keine Grenzen mehr.

„Was ist für dich eine Schande, Papa, sag es mir!", wiederholte Hanna.

Sie wischte sich die Tränen aus den Augen, in denen ein Anflug von Mut zu erkennen war. Vielleicht war es nicht Mut, sondern der Kampf zur Verteidigung des Rechts, über ihr eigenes Schicksal selbst zu entscheiden. Und dieser Kampf begann, eine kleine Flamme des Mutes in ihr zu entfachen, obwohl in ihren Augen auch Mitgefühl für ihren Vater zu sehen war. Sogar in dieser Situation versuchte sie, sich in seine Lage zu versetzen und zu verstehen, wie er sich fühlte, jetzt, wo es auch für ihn alles andere als leicht war. Er hatte alles im falschen Moment erfahren, und von einer Person, welche Hanna noch unbekannt war, sodass nun ein so schlimmer Streit in der Familie entbrannt war.

„Provoziere mich nicht mit solchen Fragen, denn ich weiß nicht, wie ich darauf reagieren werde!"

Und wie von Sinnen schlug er Hanna mit voller Kraft. Sie fiel zu Boden. Ajna versuchte Gani von ihr zu entfernen, aber ihre Kraft reichte nicht aus.

„Lass ihn, Mama. Heute wird sich alles klären."

„Mit dir wird alles geklärt werden, ja, das hast du gut gesagt!", sagte ihr Vater darauf.

Gani zog Hanna am Arm und steckte sie in ihr Zimmer. Ajna war außer sich über das Verhalten ihres Mannes gegenüber der Tochter.

„Lass das Mädchen los, Gani! Bist du verrückt geworden?!"

„Das ist deine Tochter! Du hast sie so erzogen! Siehst du nun, was für ein Kind du großgezogen hast?!", schrie er sie tollwütig an.

„Ich bin stolz auf sie! Ich habe sie dazu erzogen, ihre Rechte zu verteidigen!"

Zum ersten Mal widersprach Ajna ihrem Mann.

„Schlag mich, Papa. Wenn du willst, kannst du mich auch umbringen. Aber bevor du das alles tust, sag mir, ob du etwas damit erreichen wirst?"

Hanna hatte sich der physischen Gewalt ihres Vaters unterworfen. Sie leistete keinen Widerstand mehr, sie konnte es nicht tun. Wenn sie es getan hätte, hätte sie den Respekt vor ihm verloren. Aber das war das Letzte im Leben, was sie sich wünschte.

„Du wirst von heute an das Haus nicht mehr verlassen. Wenn ich sehe, dass du hinausgehst, werde ich dich wirklich töten. Noch heute Abend werde ich dich mit Alban verloben, und sobald wir im Kosovo sind, werden wir dich sofort mit ihm verheiraten", ließ er sie mit Entschlossenheit wissen.

„Das wirst du nicht machen. Du kannst mich nicht verletzen. So schnell bin ich aus deinem Herzen verschwunden, Papa? Komm, lass uns miteinander reden", flehte sie ihn an.

„Ich werde es tun! Ich erlaube dir nicht, Schande über dich zu bringen wegen eines Menschen, der es nicht wert ist, sodass sie kommen und mich bitten, dich von ihm zu entfernen, und ich erlaube dir auch nicht, Schande über mich und unsere Familie zu bringen, über unsere Kultur und Tradition!"

Er packte Hanna wieder am Arm und warf sie in das andere Eck ihres Zimmers.

„Ich werde Alban nicht heiraten. Ich sage dir das schon jetzt, damit du dich später nicht fühlst, als hätte ich Schande über dich gebracht."

„Wen wirst du dann heiraten?", fragte er sie und verließ ihr Zimmer, welches er von außen absperrte.

„Wenn ich eines Tages heirate, dann jenen, den ich liebe", erwiderte ihm Hanna von innen, in Verzweiflung und unter Schmerzen von den Schlägen des Vaters, aber ohne Angst, denn sie fühlte nichts mehr.

Plötzlich trat Flamur ins Haus. Als ihn Ajna, die ihn angerufen hatte, sah, freute sie sich sehr. Als er seine Schwester Hanna aus ihrem Zimmer rufen hörte und seinen Vater auf dem Sofa sitzen und den Kopf mit beiden Händen halten und zum ersten Mal wie ein kleines Kind weinen sah, erschrak er maßlos.

„Papa, was ist los mit dir? Was hat Hanna? Sperr ihr die Tür auf, damit wir uns unterhalten können."

„Frag sie und sie erzählt dir alles, denn ich habe keine Kraft mehr, um etwas zu erzählen oder zu tun. Sie scheint jede Scham und jeden Stolz, den sie hatte, verloren zu haben. Jetzt widersetzt sie sich sogar mir. Sie hat Schande über uns gebracht, Flamur. Wegen dieser Schande können wir jetzt nicht einmal mehr über unsere Türschwelle treten."

„Beruhige dich erst mal, Papa. Ich denke nicht, dass es eine Schande ist, zu lieben", versuchte Flamur das Verhalten seiner Schwester zu begründen, während er die Tür aufsperrte, damit sie aus dem Zimmer kommen konnte.

„Sag mir nicht, dass du es auch gewusst hast?", fragte der Vater erstaunt den Sohn.

„Ja, ich habe es gewusst und ich unterstütze diese Beziehung", antwortete Flamur.

„Was für eine Unverschämtheit! So ein frecher Kerl!"

Gani tobte, aber seine Kraft reichte nicht aus, um sich aus Flamurs Armen zu befreien.

In diesen Momenten wünschte sich Hanna nichts mehr als den Tod. Sie sah in der einen Ecke ihre Mutter, wie sie schluchzte und vor Angst zitterte, und in der anderen Ecke ihren Bruder, wie er ihren Vater davon abhielt, ihn zu schlagen, und ihn zu beruhigen versuchte und dabei aber nur das Gegenteil erreichte, weil der Vater von dessen Worten noch böser wurde. Doch Gani hatte vergessen, an sich selbst zu denken. Das Blut, das ihm aus der Nase lief, und die aufgerissene Backe bemerkte er gar nicht.

Seelisch gebrochen ging Hanna in ihr Zimmer. Ihre Welt war innerhalb von nur wenigen Augenblicken komplett zerstört worden. Die Ruhe, die in ihrem Haus vorgeherrscht hatte, war jetzt dahin. Wem sollte sie dafür die Schuld geben? War sie selbst daran schuld? Sie war nicht daran schuld, aber sie fühlte sich so. Sollte sie erlauben, dass die anderen über ihr Leben bestimmten, und jemanden heiraten, den sie nicht liebte, nur damit der Frieden im Haus gewahrt bliebe? Was für ein Leben wäre das dann für sie? Was würde sie dann erleben? Hätte sie die Seelenruhe? Sie hätte nichts. Sie würde versuchen, ihr Recht zu verteidigen, weil unser Leben niemand anders besitzt. Eines Tages, wenn wir sterben, wird niemand mit uns ins Grab steigen, auch nicht jene, die versuchen, unser Leben zu dirigieren, auch nicht die Eltern, die uns zwingen, unbekannte Menschen zu heiraten, bloß um der Tradition und Sitte willen. Alle werden uns den Rücken kehren und allein in der kalten Erde lassen. Deshalb darf das Recht, über unser Leben zu entscheiden, nicht in den Händen eines anderen gelassen werden, seien es auch die Eltern, die denken, dass sie nur das Beste für uns wollen. Das würde Hanna nichts Gutes bringen, nur Kummer und Leid.

XXVI

Tagelang blieb sie eingesperrt. Die Blaufärbungen in ihrem Gesicht, verursacht durch die rohen Stöße und Schläge, waren noch nicht ganz verheilt. Sie hatte sich auch den Fuß verstaucht und konnte kaum gehen. Mit all dem musste sie allein fertigwerden. Ihr Vater hatte nicht erlaubt, sie zu einem Arzt zu bringen, weil dieser die Spuren der Gewalt an ihrem Körper feststellen würde.

Das schöne Wetter und das Vogelgezwitscher nahm sie durch das Zimmerfenster wahr. Sie erschien am Boden zerstört, mit ihren Kräften am Ende. Mit ihrem Optimismus war es vorbei, aber die Hoffnung, dass sich eines Tages alles zum Besseren wenden würde, war noch nicht völlig versiegt.

Sie hatte keine Möglichkeit, irgendwo einzudringen. Zwischen den geschlossenen Wänden war es schwierig, irgendetwas zu realisieren. Sie hatte auch keine Ahnung, von wem ihr Vater von ihrer Beziehung mit Chris erfahren hatte. Warum war er so erzürnt? Es gelang ihr nicht, herauszufinden, was ihm jemand wirklich über sie gesagt hatte. Sie übte sich in Geduld in der Hoffnung, dass ihre Geduld sich am Ende lohnen würde. Sie wusste, war sich bewusst, dass sie dieser Qual ein schnelles Ende bereiten konnte, war aber nicht bereit, einen solchen Schritt zu unternehmen. Daher hatte sie auch Sara und Chris verboten, eine Anzeige bei der Polizei zu erstatten.

Die ganze Zeit ging sie im Zimmer auf und ab. Seit Jahren war ihr Zimmer gleich ausgestattet. Niemals zuvor hatte sie sich mit diesem Zimmer und diesen Wänden so verbunden gefühlt wie jetzt. Das Bett kam ihr manchmal unpassend vor. So setzte sie sich einmal in das eine und einmal in das andere Eck des Zimmers. Sie hatte jedes Loch und jedes Zeichen an den Wänden gesehen, was sie früher nie bemerkt hatte. Den Computer in ihrem Zimmer benützte sie nicht, weil sie ihr das Internet abgeschaltet hatten. So war sie von der Außenwelt abgeschnitten und tief in ihre eigene Welt eingeschlossen, damit sie diese besser kennenlernte, als ob sie sie nicht schon gekannt hätte. Oder wollten sie sie zwingen, eine neue Hanna kennenzulernen und eine Welt mit einer anderen Vision in ihrem Inneren zu erschaffen? Die Tage vergingen irgendwie, aber am schwersten waren für sie die Abende. Sie fühlte sich nicht nur gekränkt und wütend, sondern hatte auch eine unbestimmte Angst, wenn sie die Stimme ihres Vaters im Haus hörte. Ebenso wenig ertrug sie die Augenblicke, in denen ihr Vater mit ihrer Mutter schimpfte, weil er begonnen hatte, sie für die Art und Weise, wie sie die Kinder erzogen hatte, zu kritisieren.

An jenem Abend hatte Gani mit Albans Vater telefoniert und die Verlobung fixiert. Das war der größte Jammer, der ihr seelisch den Rest gab. Da man ihr auch das Handy weggenommen hatte, konnte sie mit niemandem telefonieren. So war auch ihr Kontakt zu Chris abgerissen. Der einzige Mensch, der den Boten zwischen ihnen machte, war Sara. Sie kam von Zeit zu Zeit zu Hanna, wenn sonst niemand zuhause war. Gani hatte Besa verboten, das Haus zu betreten, weil er glaubte, dass sie für ihre Schwester den Boten spielen würde. Flamur verteidigte Hanna nur vor dem Vater, aber die Beziehung seiner Schwester mit einem Fremden unterstützte er nicht offen, obwohl er schweigend nicht dagegen war. Auch für ihn war es etwas Neues und schwer, es zu akzeptieren, weil er eigentlich stets gedacht hatte, sie würde sich nur mit einem Albaner einlassen. Dieses Thema war für die kosovo-albanische Gesellschaft noch Tabu. Hanna wollte es brechen. Aber ob sie erfolgreich sein würde, war eine Frage des Glücks, wie wir es in schwierigen Situationen zu sagen gewohnt sind, wenn der Ausgang ungewiss ist.

Hanna ging wieder im Zimmer auf und ab. Ihr Fuß war auf dem Weg der Besserung. Zur Arbeit ging sie nicht, sie hatte sich krank gemeldet. Obgleich Sara versuchte, für sie in die Bresche zu springen, so hatte Nina ihre Zweifel an Hannas Lage. Hanna wollte auf keinen Fall, dass Nina sie besuchte. Denn es war ihr klar: Sobald Nina ihren Zustand sähe, würde sie sofort eine Anzeige gegen Hannas Vater erstatten. Auf Hannas ausdrück-

lichen Wunsch hin wusste nicht einmal Chris über die Gewalt-
ausübung des Vaters gegen sie Bescheid. Sara hatte ihm nur erzählt, dass Hannas Familie Wind von ihrer Beziehung bekommen
habe, ohne die Gewalttat zu erwähnen.

Vom Eingeschlossen-Sein hatte sie die Monotonie gepackt.
Jeden Tag wachte sie zur gewohnten Zeit auf, als würde sie
zur Arbeit gehen. Wie sehr vermisste sie die Straße, die sie jeden Tag entlangzugehen pflegte, die Angestellten der Läden,
das Café von Herrn Meier, die Bücher, die sie jeden Tag in den
Händen gehalten hatte, und vor allem Chris, seine Wärme und
Nähe, seine Augen, die Liebe, welche er ihr in jedem Augenblick schenkte.

Im Haus wurde nur sehr wenig gesprochen. Hanna musste in
ihrem Zimmer bleiben, wenn Gani anwesend war. Die Eingangstür war abgesperrt, damit sie das Haus nicht verlassen konnte.
Sonst hätte ihr Vater alle umgebracht, wie er seiner Frau Ajna
und seinem Sohn Flamur gedroht hatte.

Ausschnitt aus Hannas Tagebuch:

*Meine Welt ist eingestürzt. Ich bin zwischen den Wänden ein-
geschlossen. Mein Schicksal unterscheidet sich nicht sehr von
Artas Schicksal, die sie monatelang im Haus eingesperrt haben, nur weil sie sich einige Male mit einem Jungen getroffen hatte. Als sie keinen Ausweg mehr wusste, opferte sie
sich selbst. Ihren Tod begründeten sie mit einer unerwarteten unheilbaren Krankheit. Wie sehr tat es mir in der Seele
weh für sie … Nicht besser als Artas Schicksal war jenes von
Albina, welche sie gegen ihren Willen verheirateten. Sie starb
lebendig. Und was soll ich über Noras Schicksal sagen, welche von Zeit zu Zeit von ihrem Ehemann schlecht behandelt
wird, während sie – aus Angst oder Unterwerfung über die
öffentliche Meinung – dessen Verhalten deckt. Das gleiche
Schicksal wie diese erlitt auch Pranvera, der auf die Schnel-
le ein Junge aus Kosovo vorgestellt wurde. Er gefiel ihr am*

Anfang sehr und sie heiratete ihn. Aber der optische Unterschied zwischen den beiden stach allen stark ins Auge. Jede Frau ist schön, aber sein Aussehen war einfach schöner. Als er hierher kam, änderte sich sein Benehmen sehr. Wenn sie ausgingen, ging er auf der Straße nicht neben Pranvera, sodass niemand auf die Idee gekommen wäre, die beiden wären Mann und Frau. Was gibt es über Shqipe zu berichten? Sie holten sie von Kosovo, um sie angeblich mit einem Jungen in Deutschland zu verheiraten, und sperrten die Bedauernswerte im Haus ein, als wäre sie die Dienerin der ganzen Familie. Mein Vater, wenn er solche Sachen gehört hat, hat er sich stets offen gegen ein solches Benehmen ausgesprochen. Daher wundert es mich so sehr, dass er sich in meinem Fall so verhält. Deren Erlebnisse sind verschieden und schmerzhaft, aber worin liegt denn der Unterschied zwischen meinem Schicksal und dem ihren?

Wenn ich doch nur die Möglichkeit hätte, Chris wenigstens noch ein Mal zu treffen. Was er jetzt wohl macht? Wird er um mich kämpfen oder vielleicht rasch unserer Zurückgebliebenheit überdrüssig sein und mich und unsere Liebe aufgeben? Ach, wenn er doch nur wüsste, wie sehr ich mich nach ihm sehne ...

Alles hat sich auf einmal geändert, nicht einmal die Abende sind mehr die gleichen. Auch der Mond scheint nicht mehr wie früher, die Sterne lassen sich überhaupt nicht mehr blicken, als wären sie irgendwohin in ein anderes Universum verschwunden. Ich vermisse Chris, ich vermisse alle, mir fehlt mein Leben, mir fehlt auch die Bibliothek mit ihren Büchern. Jetzt bin ich nur mit dem Buch von Ismail Kadare in den Händen geblieben und mit seinem Gedicht, das in diesem Augenblick so gut zu mir passt:

> Ein paar Regentropfen fielen auf das Glas,
> so plötzlich spürte ich Sehnsucht nach dir.
> Beide leben wir in einer Stadt
> und selten, ja so selten sehen wir uns.

XXVII

Chris war orientierungslos, wusste nicht, was er tun sollte, um Hanna zu retten. Seine Ideen wurden von Sara zurückgewiesen, welche Hanna heimlich besuchte. Sie bestand darauf, zu warten, in der Hoffnung, dass Hannas Familie die ihr auferlegte Isolierung aufgeben würde. Er ging in Ninas Büro auf und ab. Sie hatte ihn und Sara eingeladen, um über die Findung einer Lösung zu sprechen. Alle drei machten sich große Sorgen um Hanna. Es waren inzwischen vier Wochen vergangen, seitdem Hanna sich nirgendwo mehr blicken hatte lassen. Nina hatte entschieden, ihr den Arbeitsplatz zu reservieren, nachdem Chris ihr die Wahrheit über seine Beziehung zu Hanna erzählt hatte.

„Chris, was für eine Idee hast du?", fragte Nina.

„Nur zwei Dinge können in diesem Fall funktionieren: Entweder machen wir eine Anzeige bei der Polizei, oder ich entführe Hanna. Die erste Möglichkeit hat mir Sara aber verboten."

„Warum?"

„Weil Hanna nicht will, dass ihre Familie durch eine Anzeige kompromittiert wird. So hat sie es mir gesagt", antwortete Sara an Chris' Stelle.

Sie erklärte den beiden, warum sie dagegen war, wobei die Traurigkeit tief in ihren Augen zu erkennen war.

„Wir müssen eine Lösung für das arme Mädchen finden. Ich kann das alles nicht verstehen", meinte Nina, während sie im Büro herumging, eine Hand auf ihrer Stirn, in Verwunderung darüber, was gerade um sie herum geschah, ohne imstande zu sein, Hanna irgendwie zu helfen.

„Obwohl Hanna darauf bestanden hat, ihr zu versprechen, dass ich nichts über ihren Gesundheitszustand verrate ...", brach Sara kurz ab, unschlüssig, ob sie es sagen sollte oder nicht. „Aber nein, nein, ich kann nicht länger schweigen! Ich muss es erzählen, sonst werde ich verrückt", seufzte sie, das Gesicht mit beiden Händen bedeckt, sodass zu sehen war, dass auch ihre psychische Verfassung seit den letzten sorgenvollen Wochen zu wünschen übrig ließ.

„Komm, Sara, bitte, sag es uns", setzte sich Chris vor sie hin und nahm ihr die Hände vom Gesicht weg, während auch Ninas Blick neugierig auf Sara gerichtet war.

„Ihr Gesicht werdet ihr nicht wiedererkennen!", rief Sara und brach in Tränen aus.

„Was ist mit ihrem Gesicht?", fragte Chris, dessen Augen wie benebelt wurden, sodass ihre Bläue nicht mehr zu erkennen war, sich mit beiden Händen den Kopf haltend. „Weiter, Sara, sag es mir, weil ich sonst durchdrehe!"

„Ihr Gesicht ist nicht nur bleich, sondern auch angeschwollen von den Schlägen ihres Vaters."

„Was?!", riefen Chris und Nina gleichzeitig schockiert, den Kopf schüttelnd über das, was sie hörten.

„Wenn es nur das wäre", setzte Sara ihren Bericht fort. „Sie hat sich auch das Bein verletzt, sodass sie noch immer hinkt."

„Sara, ist dir bewusst, was du uns da erzählst?", fragte Chris, der nicht glauben konnte, was er vernahm.

„Das ist unmenschlich!", rief Nina.

In großer Sorge um Hannas Gesundheit diskutierten sie weiter, um eine Lösung zu finden, wie sie sie aus den Händen ihres Vaters befreien könnten. Chris hatte ihr einen Brief geschrieben, den ihr Sara übergeben sollte. Für ihn gab es nur zwei Lösungen für diese Situation, in der sie sich alle befanden. Einer Sache war er sich gewiss: Auch wenn es ihn sein Leben kosten sollte, würde er Hanna und seine Liebe für sie niemals aufgeben.

XXVIII

Der Mond schien diesen Abend anders. Vorher hatte sie keine Sterne am Nachthimmel entdecken können. Der Himmel war so klar, dass er sie an jenen Abend erinnerte, als sich in der Mondsichel Chris' Antlitz gebildet hatte. Für einen Augenblick zeichnete sich auf ihren Lippen ein Lächeln ab. Seit Wochen hatte sie schon nicht mehr gelächelt. Nun spürte sie davon ein paar Stiche in den Gesichtsmuskeln. Sie trat langsam an das Fenster heran und schob den Vorhang zur Seite, damit sie die Sterne und das Mondlicht besser sehen konnte. Dabei bemerkte sie einen sich draußen bewegenden Schatten. Zunächst war sie sich nicht sicher, aber dann war es klar für sie, dass es der Schatten eines Menschen sein musste. Langsam öffnete sie das Fenster, um die anderen nicht aufzuwecken. Sie wollte sehen, wer sich um diese späte Stunde noch draußen herumtrieb. Als sie den Kopf hinausstreckte, erkannte sie Chris, der sie anblickte.

„Chris, bist es du?", rief sie mit verhaltener Stimme und brach in Tränen aus.

Sie wagten es nicht, zu sprechen, damit sie die anderen nicht aufweckten. Einige Augenblicke lang sahen sie einander nur an. Ihr Antlitz war nicht mehr so wie früher. Es war bleicher als das Mondlicht. Hin und wieder legte sie eine Hand auf das Gesicht, damit die Spuren der väterlichen Schläge nicht zu sehen waren. Auch Sara war mit Chris gekommen, weil sie ihn für den Fall, dass was geschehen würde, nicht allein lassen wollte. Sie war nicht nur eine enge Freundin von Hanna, sondern inzwischen auch gut mit Chris befreundet. Sie versuchte ständig, zwischen den beiden den Boten zu machen, damit ihr Kontakt nicht abriss.

Hanna steckte den Kopf wieder zurück in ihr Zimmer, um ein Blatt Papier an sich zu nehmen und etwas darauf zu schreiben, um es dann zu Chris hinunterzuwerfen. Darauf stand zu lesen:

„Alle schlafen. Wenn du willst, kannst du für ein paar Augenblicke zu mir ins Zimmer kommen, aber wir müssen vorsichtig sein." Nachdem er das gelesen hatte, erstrahlte sein Gesicht in Lächeln. Flugs rannte er zur Haustür und trat ein. Hanna brachte ihn in ihr Zimmer, das sie absperrte, damit niemand hineinkommen konnte. Es war Mitternacht und alle waren zu Hause, und dann konnte sich Hanna durch das Haus bewegen und der Schlüssel war an der Haustür.

Sie versuchte, ihr Gesicht ein wenig mit den Haaren und von Zeit zu Zeit mit den Händen zu bedecken, damit er nicht ihre Wunden sah. Aber er schob langsam ihre Hände aus ihrem Gesicht weg.

„Was haben sie dir angetan, Hanna?", fragte er sie und küsste ihr sanft auf ihre blauen Flecken im Gesicht.

„Jetzt geht es mir gut. Du hast meine Seele geheilt", flüsterte sie langsam und stützte sich an seinen Körper.

In seiner Gegenwart schlug ihr Herz vor Liebe sehr schnell, jedes Treffen mit ihm war für sie wie das erste Rendezvous. Die Zeit verging ihnen rasch, auch wenn sie die ganze Nacht zur Verfügung gehabt hätten, hätte es ihnen niemals gereicht. Chris wurde traurig, als er Hannas Gesicht sah.

„Wie konnten sie dich nur so zurichten, meine Liebste?", seufzte er ununterbrochen und stützte ihren Kopf auf seine Brust.

Er strich leicht über ihre Haare und näherte sich mit dem Kopf, um deren Duft besser wahrzunehmen.

„Wie sehr ich mich nach dir gesehnt habe", sagte ihm Hanna, ohne mit dem Weinen aufhören zu können, während Chris ihr die Tränen wegwischte und sie zu beruhigen versuchte.

„Auch ich, meine Liebste, habe mich sehr nach dir gesehnt. Ich bin ein paar Mal fast vor Angst gestorben, dass dir etwas zugestoßen sein könnte", brachte Chris seine Sorge um sie zum Ausdruck.

„Ich habe begriffen, dass mein Leben ohne dich keinen Sinn hat. Ich kann nicht ohne dich leben, Chris."

„Hanna, komm mit mir, lass uns weggehen, gehen wir zusammen, noch heute Abend!"

„Heute Abend kann ich nicht. Nach so vielen Wochen des Wartens möchte ich noch ein wenig zuwarten."

„Schau doch, was sie mit dir gemacht haben! Wie kann ich dich in diesem Zustand hier zurücklassen? Lass uns jetzt zusammen weggehen, Hanna", flüsterte er ihr zu, in der Angst, die anderen im Haus aufzuwecken.

„Ich werde mit dir kommen, mein Leben. Aber ich werde meinem Papa noch eine letzte Chance geben. Wenn er darauf auch nicht eingeht, dann werden wir ohne den kleinsten Zweifel zusammen weggehen."

„Ich befürchte, dass noch etwas Schlimmeres passieren wird. Bitte riskiere nichts mehr", flehte er sie weiter an, damit sie mit ihm mitkäme.

„Mein Vater hat in seinem Leben viel gelitten, Chris. Ich möchte ihm daher noch eine Möglichkeit geben, sich mit meinem Schicksal auszusöhnen. Das schulde ich der Liebe und dem Respekt, die ich für ihn empfinde", erklärte sie ihm unter ständig fließenden Tränen.

Ihr Zustand war nicht gut. Das machte Chris Sorgen. Aber Hanna hatte beschlossen, sich noch einmal der Gefahr auszusetzen und sich mit ihrem Vater zu unterhalten, um ihm klarzumachen, dass sie ihre Liebe nicht aufgeben würde. Dafür benötige sie noch eine Woche. Falls es ihr nicht gelänge, ihren Vater zu überzeugen, so würde sie mit Chris fliehen.

Langsam und schweigsam entfernte er sich aus dem Zimmer und Haus, den Kopf zu seiner Hanna zurückgewandt. Seine Beine gingen in die andere Richtung. Er blieb gegenüber auf der Straße stehen und lehnte sich an einen Eichenbaum. Sara kam ihm mit langsamen Schritten hinterher. Die Kraft hatte sie verlassen. Sie konnte sich einfach nicht vorstellen, wie ein Vater seine Tochter so zurichten und quälen und nicht nur seelische, sondern auch physische Schmerzen zufügen konnte. Sie hatte Angst, dass ihre Freundin keine Kraft mehr finden würde, um weitere körperliche Schmerzen zu ertragen. Am meisten beunruhigte Sara Hannas Husten, den sie seit einigen Tagen hatte. Sie war krank, wagte es jedoch nicht, zum Arzt zu gehen.

XXIX

„Hanna, Hanna! Wach auf, Mädchen, wach auf! Heute Abend brechen wir auf!", rief Ajna aufgeregt, aber Hanna konnte nicht zu sich kommen, alles erschien ihr wie im Traum, sie verstand überhaupt nicht, was ihre Mutter da sagte.

„Mama!", antwortete sie verschlafen, ohne die Augen richtig öffnen zu können, „träume ich noch oder was passiert da mit mir?"

„Nein, Hanna, nein! Du träumst nicht! Steh auf, meine Tochter! Ich habe dir den Koffer gebracht. Du musst deine Sachen packen", erklärte ihr Ajna irgendwie begeistert, als wäre nie etwas im Hause geschehen.

„Was sagst du da, Mama? Was für ein Koffer? Was für Sachen?", fragte sie entgeistert und dachte bei sich selbst: „Vielleicht träume ich wirklich noch und kann nicht zwischen Traum und Wirklichkeit unterscheiden."

„Deine Kleider, steh auf, komm zu dir, wir müssen uns beeilen!"

„Wohin fahren wir? Warum brauche ich Kleider?", fragte sie verwirrt weiter.

„Wir fahren nach Kosovo, Hanna. Steh auf!"

„Was sagst du da, Mama?", fragte sie, während ihr ein kalter Schauer den Rücken hinunterlief.

„Wir brechen heute Abend auf, Hanna. Wir fahren mit dem Auto. Steh endlich auf, Mädchen! Eine Ortsveränderung wird uns allen guttun. Schau, was aus uns geworden ist. Wir werden auch damit fertigwerden."

„Warum bist du über die Fahrt nach Kosovo so begeistert, Mama?", fragte Hanna unter Tränen.

„Was denn für eine Begeisterung, meine Tochter? Ich hoffe nur, dass sich dort die Dinge ändern werden. Diese Tage werden vergehen. Es tut mir in der Seele weh für dich, aber ich habe keine Kraft, dich noch mehr zu schützen, du Licht meiner Augen."

„Ich komme nicht mit nach Kosovo, Mama!"

„Warum willst du auf einmal nicht mitfahren? Du bist doch immer gerne nach Kosovo gefahren, vielleicht sogar lieber als wir alle anderen."

„Aber jetzt will ich nicht! Ich will nicht! Dort werden mir Fesseln fürs ganze Leben angelegt!"

„Was redest du da? Dass dich dein Vater nicht hört! Dann wird er noch wütender. Und heute Abend brechen wir auf."

„Brecht ihr auf, aber ohne mich!"

„Genug jetzt mit diesem Unsinn", versuchte ihre Mutter umsonst, sie zum Mitkommen zu überreden.

„Mama, es reicht! Geh und mach dich fertig. Aber mich wirst du nicht lebend nach Kosovo bringen! Dorthin kannst du nur meine Leiche schicken!"

„Hör auf, Hanna, du machst mir Angst! Denk ein wenig anders! Jetzt fühlst du dich so, aber glaube mir, meine Tochter, glaube mir, dass du dich nach zwei oder drei Monaten anders fühlen wirst und alles, was du jetzt empfindest, vergangen sein wird."

Von ihren Worten verängstigt, nahm und umarmte sie ihre Tochter mit der Liebe und dem Mitgefühl einer Mutter. Unter großem Zeitunterdruck, war sie jetzt nicht mehr in der Lage, sich schützend vor ihr Kind zu stellen und es vor seinem Vater zu schützen, welcher in Raserei der Tradition und dem Einfluss von vielen anderen unterworfen blieb, ohne sich dessen bewusst zu sein, ob es eine gewollte oder vielleicht ungewollte Unterwerfung war. Gerade als ihre Mutter das Zimmer verlassen wollte, fragte Hanna sie:

„Mama, kommt Besa heute zu uns?"

„Ja, sie ist schon unterwegs und wird bald da sein."

Kaum war ihre Unterhaltung zu Ende, da kam schon Besa die Haustür herein. Nach all den Wochen, in denen ihr der Vater verboten hatte, zu kommen, war sie heute das erste Mal wieder da. Sofort stürzte sie in Hannas Zimmer und fiel ihrer Schwester um den Hals.

„Wie siehst du denn aus, Hanna?", fragte sie, während sich ihre Augen vor Traurigkeit weit öffneten.

Sie drehte sich um und begann, mit ihrer Mutter zu schimpfen.

„Was hat er ihr nur getan, Mama?! Hast du überhaupt kein Mitgefühl mit deinem Kind?"

Besa begann an der Brust ihrer Schwester zu weinen und zu schluchzen. Ajna, vor Traurigkeit erschöpft, ging hinaus, um die Schwestern allein zu lassen.

„Hanna, du bist ja nur mehr ein Schatten deiner selbst! Was ist mit deinem Gesicht geschehen? Was ist mit deinem Körper, deiner Gesundheit? Wie konnten sie dich nur so zurichten?"

Unter Schock stehend, konnte sie mit ihren Fragen und Klagen um die Schwester nicht aufhören.

„Besa, beruhige dich, bitte! Ich brauche deine Hilfe. Wirst du mir helfen?", fragte sie sie neugierig und in Angst vor der Ablehnung, aber mit einer Handvoll Hoffnung.

„Sag mir, Hanna, was ich tun soll. Ich bin sogar bereit, für dich zu sterben. Schau, was sie dir angetan haben, als wärest du ihr Feind und nicht ihre Tochter!"

Besa vermochte nicht zu ertragen, was sie sah, in welchen Zustand sie Hanna versetzt hatten.

„Nur die Bläue deiner Augen ist dir geblieben."

Sie strich über Gesicht und Haare der Schwester und betrachtete ihren Körper, der seit Wochen mitgenommen war, weil sie nur mehr wenig aß und trank.

„Besa, bitte beruhige dich! Mein Zustand spielt jetzt keine Rolle. Aber wenn wir nicht bald etwas unternehmen, dann befürchte ich, dass mein Körper und meine Augen völlig aufgelöst werden."

„Sag so etwas nicht! Sie haben dich zerstört, aber dieser Tumult wird ein Ende nehmen!"

„Dann hilf mir, denn wir haben nicht viel Zeit!"

„Sag mir, was ich für dich tun soll", erwiderte sie mit einem mitfühlenden Blick in die Bläue ihrer Augen, welche zu erblassen begonnen hatten.

„Geh zur Bibliothek und sag Sara, dass sie Chris kontaktieren soll. Sie soll ihm sagen, dass sie mich heute Abend nach Kosovo schicken wollen. Aber ich habe nicht vor, lebend dorthin zu fahren. Wenn Chris mich noch liebt, dann bin ich bereit, alles aufzugeben und mit ihm zu gehen. Kannst du das bitte für mich machen, meine Schwester?"

„Warum sollte ich das nicht für dich machen? Das hätte ich schon früher tun sollen. Soll er doch heute kommen, um dich zu holen, oder?", fragte Besa nochmal nach, um sicherzugehen.

„Ja, heute! Egal, wann. Ich werde mit ihm gehen, da kann mich nichts und niemand davon abhalten!"

In Windeseile verließ Besa das Zimmer und brach zur Bibliothek auf.

Hanna ging ständig im Zimmer hin und her. Sie hatte Angst vor dem, was passieren könnte. Heute Abend musste dieser Albtraum ein Ende nehmen, aber sie fürchtete sich sehr vor der Art und Weise des möglichen Endes.

Besa war von der Bibliothek zurückgekehrt. Zusammen warteten sie in Angst, ob Chris wohl kommen würde, und wenn ja, wann er kommen würde. Das eine Mal schien ihnen die Uhr stehengeblieben zu sein, das andere Mal verging ihnen die Zeit wie im Eiltempo.

Bevor das Mittagessen fertig war, war Gani von der Arbeit gekommen und wollte von nichts mehr wissen. Durch seine Anwesenheit im Haus steigerte sich Hannas Angst. Sie zitterte am ganzen Leib, manchmal bekam sie nicht einmal Luft. Vom Stress und der Angst ließen sie die Beine im Stich. Als Besa ihren Zustand sah, verlangte sie von den Eltern, sie zum Arzt zu bringen. Aber Gani war dagegen, mit der Begründung, dass sie in den Kosovo fahren und sie dort untersuchen lassen würden. Da konnte Besa ihre Wut auf den Vater nicht mehr für sich behalten.

„In was für einen Menschen hast du dich verwandelt, Papa? Ich erkenne dich nicht mehr! Was hast du deinem Kind angetan? Sag es mir!"

„Es reicht, Besa! Übertreibe es nicht! Das toleriere ich nicht!", schrie Gani sie an.

„Dann toleriere mich halt nicht, Papa, dann schlage auch mich! Wo ist dein Mitgefühl als Vater geblieben? Hast du uns denn jemals wirklich geliebt? Du hast die Mühen deiner Tochter mit Füßen getreten. Sie war stets deine rechte Hand, als wäre sie ein Junge für dich, weil ja nur ein Junge einen Wert bei uns hat! Das hatte ich fast vergessen!", entgegnete sie ihm mit großer Wut.

„Schaff sie mir aus den Augen, Ajna, ich halte sie nicht länger aus!", befahl Gani seiner Frau.

„Lass mich los, Mama! Auch du bist so wie er geworden, als hättet ihr uns nicht gezeugt?! Wo ist euer Mitgefühl für eure Kinder hin? Habt ihr keine Ehrfurcht mehr vor Gott?!", rief Besa lauthals.

„Glaubst du, ich habe es leicht, wenn ich mein Kind sehe, wie es einen Fehler macht, und die anderen mich dafür rügen und von mir verlangen, dass ich es davon abhalten soll? Und du sagst, ich soll nichts dagegen unternehmen?", antwortete ihr Gani.

„Was für einen Fehler, Papa? Wer hat von dir verlangt, dass du dich nach den Wünschen von anderen richten sollst? Du hast deine Tochter tagelang eingesperrt! Das, was ihr getan habt, ist unmenschlich! Geh einmal in ihr Zimmer und schau, in welche Verfassung du dein Kind gebracht hast. Aber ich warne dich: Es kann gut sein, dass du sie gar nicht mehr wiedererkennst. Werde nicht traurig darüber, denn das habt ihr ihr zum Geschenk gemacht!", tadelte sie wütend ihre Eltern.

„Du hast leicht reden. Soll ich ihr etwa erlauben, mit fremden Männern auszugehen und uns vor aller Welt lächerlich zu machen? Ist es das, was du willst?", konterte ihr Vater.

Ihren Streit unterbrach das Läuten der Türklingel. Gani stand sofort auf, um die Tür zu öffnen. Besa erstarrte auf der Stelle, während Hanna die Zimmertür aufmachte und herauskam. Als Gani die Tür schwungvoll öffnete, stand Chris vor ihm.

„Was machst du hier? Verschwinde sofort von meinem Haus!", schrie ihn Gani zornig an.

„Herr Gani, wir müssen uns unterhalten. Bei allem Respekt, den ich vor Ihnen habe, kann ich diese Sache nicht weiter auf sich beruhen lassen."

„Es gibt nichts, worüber wir uns unterhalten sollten! Entweder du gehst oder ich rufe die Polizei!", drohte er ihm.

„Gut, rufen Sie die Polizei, denn dann ist diese Unterhaltung schneller zu Ende."

Von drinnen war Hannas Stimme zu vernehmen, die nach Chris rief. Als dieser ihre Stimme hörte, trat er rasch ein, ohne auf Ganis Erlaubnis zu warten, worauf Hannas Vater ihm wütend hinterherrief.

„Wo gehst du hin, du verfluchter Kerl? Wie kannst du es wagen, mein Haus ohne meine Erlaubnis zu betreten?"

Ganis Worte machten keinen Eindruck mehr auf Chris.

„Hanna, ich bin gekommen, um dich mitzunehmen. Kommst du mit mir mit?"

Er streckte seine Hand in ihre Richtung aus, damit sie ihre Hände vereinen und gemeinsam zur Haustür hinausgehen können, in der Hoffnung auf einen Neubeginn. Da tauchte plötzlich Olga im Eingang auf. Sie hatte wochenlang jede Bewegung von Chris beobachtet. Als Gani Olga in der Tür sah, erinnerte er sich an ihre beleidigenden Worte in Bezug auf Hanna, sodass sein Zorn noch größer wurde. Er lief zu Hanna und Chris, um zu verhindern, dass sie einander die Hand reichten. Als Hanna ihre Hand ausstreckte, um Chris' Hand zu ergreifen, stieß ihr Vater sie mit voller Kraft weg. Ihr Körper flog durch die Luft, ihr schwacher dünner Körper wurde regelrecht in die Höhe katapultiert und ihr Kopf schlug auf dem Glastisch auf, der im Gästezimmer stand. Alle erstarrten vor dem, was vor ihren Augen geschah.

„Hannaaa!", schrie Chris und versuchte, sie aufzufangen.

Alle riefen erschrocken ihren Namen, aber niemand vermochte, den wirbelnden Körper vor einem Aufprall auf dem Tisch zu bewahren. Ihr Körper war sogleich blutüberströmt und von Glassplittern übersät. Gani hob schnell das Sofa hoch, holte eine Pistole hervor und schoss Chris in die Brust. Sein Körper fiel neben Hannas Körper hin. Im Todeskampf streckte er die Hand aus und berührte ihre Hand. Hanna spürte seine Hand und schlug ein letztes Mal ihre schönen Augen auf. Die Tränen flossen ihr in Strömen über die Wangen als Antwort der Liebe und Treue für Chris.

Innerhalb von wenigen Minuten kamen Polizei und Rettung an, aber für Hanna war es zu spät. Die Erste Hilfe war vergebens. Gemeinsam mit ihrer Liebe, ihrem Traum und ihrem Ideal von einem gleichberechtigten Leben für die Frauen und einem gemeinsamen Leben von unterschiedlichen Kulturen, welche zusammen die Welt ausmachen, war sie in die Ewigkeit eingegangen.

Chris hatte die ihm von Gani zugefügte Verletzung überlebt. Alle waren unter Schock. Hannas Vater mussten die Behörden nicht verurteilen und bestrafen, er war durch seine eigenen Taten verurteilt und bestraft. Er hatte gleich in dem Augenblick einen Schlaganfall erlitten, als er begriffen hatte, dass Hanna verstorben war. Er blieb für den Rest seines Lebens gelähmt und ohne die Fähigkeit, zu sprechen.

***

„Hannas Leichnam wurde nicht nach Kosovo gebracht", erzählte Besa weiter. „Sie begruben sie hier in Deutschland, im Grab von Chris' Familie. So wünschte er es, und sie widersprachen ihm nicht. Warum sollten sie ihm noch widersprechen? Auf ihrem Grabstein steht: ‚Hanna Müller Gashi'. Erst später kam heraus, dass es Olga gewesen war, die Gani über Hannas Beziehung mit Chris informiert hatte. Dabei hatte sie ihn schwer beleidigt, ihm große Lügen serviert und von ihm verlangt, dafür zu sorgen, dass Hanna aus dem Leben ihres Sohnes verschwinde. Auch sie blieb nicht ungestraft. Chris zog sofort von ihr aus und sprach und traf sich nie mehr mit seiner Mutter."

***

Der Abend war hereingebrochen, ohne dass wir es bemerkt hatten. Die Touristen hatten den Park schon verlassen. Nur Besa und ich waren noch dort. Ich fühlte ihren Schmerz. So viele

Jahre waren inzwischen vergangen und noch immer war alles so frisch in ihren Gedanken und ihrer Erinnerung. Sie erzählte noch von Chris. Er hatte niemals geheiratet. Von einer mehrmonatigen Beziehung hatte er eine Tochter, der er den Namen Hanna gegeben hatte. Es war unglaublich, wie ein Fremder einer Liebe treu blieb. Aber es war wahr.

Ich verabschiedete mich von der Frau, die am Anfang unserer Begegnung bloß eine Fremde für mich gewesen war. Doch nun war ich tief in die Pfade des Lebens ihrer Familie eingedrungen. Sie ging nach Hause und mein Kopf blieb in Gedanken bei ihr. Wohin sie wohl ging und sich verlor? Ich spürte die Last des Schmerzes, den sie überall hin mit sich trug.

FÜR AUTOREN A HEART FOR AUTHORS À L'ÉCOUTE DES AUTEURS MIA KAPΔIA ΓIA ΣYΓΓ
FÖR FÖRFATTARE UN CORAZÓN POR LOS AUTORES YAZARLARIMIZA GÖNÜL VERELIM SZ
PER AUTORI ET HJERTE FOR FORFATTERE EEN HART VOOR SCHRIJVERS TEMOS OS AUTC
OINKÉRT SERCE DLA AUTORÓW EIN HERZ FÜR AUTOREN A HEART FOR AUTHORS À L'ÉCOU
ВСЕЙ ДУШОЙ К АВТОРАМ ETT HJÄRTA FÖR FÖRFATTARE À LA ESCUCHA DE LOS AUTOI
MIA KAPΔIA ΓIA ΣYΓΓPAΦEIΣ UN CUORE PER AUTORI ET HJERTE FOR FORFATTERE EEN
VER OINKÉRT SERCE DLA AUTORÓW EIN HERZ FÜI
ÃO ВСЕЙ ДУШОЙ К АВТОРАМ ETT HJÄRTA FÖ

Die Autorin

Fatmire Sopa, geboren und aufgewachsen im Kosovo, beginnt schon
als Kind, Texte zu schreiben. Der
Kosovo-Krieg und seine Auswirkun-
gen prägen die junge Autorin und
beeinflussen ihren schriftstellerischen
Werdegang. 2006 übersiedelt die
promovierte Juristin nach Oberriet
in die Schweiz. In der Fachstelle Integ-
ration Rheintal widmet sie sich hauptberuflich den
Anliegen von Migrationsfamilien. Fatmire Sopa
veröffentlicht 2013 in ihrer Muttersprache Albanisch den ersten, 2015 den zweiten Gedichtband.
Preise und Auszeichnungen für ihre Lyrik, u. a. vom
Kosovarischen Schriftstellerverband, folgen. 2020
gewinnt sie den Schreibpreis im Rahmen des inter-
nationalen Literaturfestivals „StadtLesen": In ihrem
Text schreibt sie in deutscher Sprache zum Thema
„Grenzen überwinden" über ein Mädchenschicksal
während des Kosovo-Krieges. Auch im aktuellen
Buch gelingt der Autorin das Sichtbarmachen eines
Einzelschicksals, um es vor dem Vergessen zu be-
wahren.